三島由紀夫精選集

午後曳航

三島由紀夫◎著

鍾肇政◎導讀

午後曳航

三 島 由 紀 夫 精 選 集 12

作者/三島由紀夫

譯者/石榴紅文字工作坊

發行人/林維青

出版/萬象圖書股份有限公司

地址/台北市南京東路三段270號9樓A室

電話/(02)7781886

傳眞/(02)7788248

郵政帳號/15806765

訂書專線/(02)7781045

法律顧問/永然法律事務所　李永然律師

登記證/新聞局局版台業第四九一四號

初版/1997年5月

一版二刷/1998年10月

定價/240元紀念版特價/200元

〈套〉ISBN/957-669-996-7

〈集〉ISBN/957-27-0008-1

導讀

鍾肇政

美的探索者——讀《午後曳航》

三島由紀夫應該是擁有最多海外讀者的日本作家。有一種說法，認爲三島是日本文壇上出現的第一個國際性作家——如果依此間比較通俗的說法便是：世界性作家。大約在六〇年代初期前後起，他的作品的譯本就在歐美諸國風行，紐約時報、時代雜誌等著名報章即屢次刊露過有關三島文學的特輯。不僅小說作品如此，連他的劇本也在各地上演，在德國曾有在二十四個城市上演的記錄。

以研究日本文學聞名的哥倫比亞大學教授唐納德・金就說過：「也許教人不敢相信，連歐洲的一些小國像芬蘭、丹麥、挪威等，三島由紀夫都是鼎鼎大名，已到了令人詫異的地步。」另外，金氏還肯定地表示：「由於三島文學的出現，致使全世界所有的評論家不得不嚴肅地思考日本文學。」

大凡日本的文化，若以全球全人類的眼光來觀照，大體而言是有著地方色彩的局限性的。只因日本人長期間在閉鎖的島國狀態下，故此，固然有相當可觀的洗鍊度，但總似乎不免有其地方性。在那種孤立的社會，自然形成一種用只有自己人懂得的語言互相溝通的習慣，造成獨特的文化發展方式。

三島由紀夫可以說是衝破了這堵無形的牆，向廣大世界打開了一個窗的始作俑者——當然，這其間尚需一道翻譯的手續，然而，作品本身的國際性與普遍性，仍然是決定性的因素，否則不可能有像三島作品在歐美不脛而走的情形發生。三島文學之所以能衝破國界，獲得無數讀者的共鳴，原因不外是由於三島在作品裡所處理、闡釋的問題，具有向現代人的心絃敲擊的力量之故。

然則三島的文學是否有著一貫的命題呢？如果有，又是如何的命題？

這不是一個可輕易得到答案的問題。但是，我們似可從三島自己的說法裡窺見一個端倪。他說：

「世界是虛妄的——這種說法只不過是一個觀點罷了，如果我們改成：『世界是薔薇』，仍然可以成立。然而，這說法恐怕不容易獲得一般的首肯。薔薇，人人可得而見之，每一所庭園裡都可能綻放，人人熟悉，故此若有人說『世界是薔薇』，則不免被斥爲狂人狂語；反之，若說『世界是虛妄的』，人們必輕易地接受這種說法，還要尊爲哲人哲語，推崇之至。這太不合理了，世上哪裡會有『虛妄的花』呢？」（關於「薔薇與海盜」）

把世界說成是虛妄，這是世紀末以來一些知識階級喜歡掛在嘴邊的說法。如果說世上沒有絕對的事物便是虛妄，那麼世界確乎是虛妄的。但是，若把這種說法掛在嘴邊，自以爲是，這恐怕只是現代人特有的感傷吧！光喊虛妄，絕對產生不出任何東西來。這就是三島由紀夫所不能容忍的人生態度，而這也正是三島之所以說出「世界是薔薇」這反諷說法的原因。據此，也許我們可以說三島文學的一貫主題便是：「在虛妄裡，美是如何才可能的。」

在《愛的飢渴》裡，我們看到女主角悅子一面受著公公那枯骨般的手的愛撫，一面卻愛戀著年輕的園丁。但是末了她還是拒斥了園丁的愛，用鋤頭把他殺害。在她來說，性愛的喜悅是與死同在的。她知道即使她委身於園丁，仍然得不到幸福。證明了愛是不存在的，始能把握住愛。三島是想在虛妄的人生裡置放一朵彩色鮮艷的巨花。在本書《午後曳航》裡，一羣自許爲天才的少年們，夢想著在地上與人生對立的榮光與美，然而，他們也知道，在人世上那是不可能的。

那位男主角的少年窺伺到美麗的母親與水手裎露著肉體相擁的情景，「認爲這一刻確確實實地在眼前看到一綹綹的線條交纏在一起，描繪出神聖的形象」，一種莫可名狀的陶醉感使他「幾乎失神」。

「這是不能破壞的。如果讓它破壞，整個世界便完了。爲了避免這種事態發生，我願意做任何可怕的事。」

但是，在這位少年心目中曾經是英雄的水手，竟然棄海就陸而與少年的母親結婚，開始扮演一個好父親。這些可怕的少年們「確信生殖是虛構的，因而社會也是虛構的；還有父親和教師，只因他們是父親或教師，因而干犯著天條大罪。」

於是那位水手在少年心中一變而成爲叛逆之徒，被少年們處死。

在此，我們看到作品企圖在浪漫的空白上，與這羣少年們共同重建浪漫的夢境。在虛妄裡，一朵美麗的巨花又如何能呢？換成另外一種說法，也許便是：在沒有神的地上，如何重建價值呢？這應該可說是現代人的一個切身問題了。

從可視爲是三島成名作品的《假面的告白》（一九四九，二十四歲）到本書問世（一九六三，三十八歲）的十五年間，他寫下了《愛的飢渴》（一九五〇）、《禁色》（一九五一）、《潮騷》（一九五四）、《金閣寺》（一九五六）、《鏡子之家》（一九五八）、《宴後》（一九六〇）等，每一本都是膾炙人口，且都有多重外文譯本風行寰宇的作品，贏得了舉世的推崇。到了一九七〇年，三島行年四十有五的時候，完成了畢生巨著《豐饒海》的最後一部（也是第四部）《天人五衰》之後，切腹自殺身亡，以自己的性命來完成做爲一個「美」的探索者的身份。據此，也許我們可以說，三島以那種方式自殺，這才是他最後的、也是最偉大的作品呢！

譯序

三島由紀夫是日本當代最傑出的作家之一，相信讀者對他都相當熟悉。他從中學時代開始寫作後，寫作即成爲他生命中最重要的活動，他在二十多年之中寫了二十本小說、三十三本劇本、八十篇短篇小說以及文評之類的短文，其作品無論是質或量，都有很好的成績。

三島一生追求完美的境界，讀者可以從他許多作品中感受到他強烈的意識，進而與他站在相同的角度來看世界各個層面。他的每一部小說都像是一場絢爛的夢，「午後曳航」也不例外；這是三島由紀夫透過少年淸澈的心智之眼，所撰寫的諷刺性傑作。

阿登原本憧憬船員龍二的健壯與精神，卻在無意中看到母親與龍二的纏綿鏡頭，不禁爲之愕然。當這個終年飄泊在海上的男人無意再出航時，對阿登來講是不可原諒的屈辱；而他打算結婚、適應陸地上的複雜生活，阿登更是對此表現得充滿敵意。少年阿登與他的同伴爲了讓龍二保有英雄形象，和實踐自己向世界還擊的意願，做出了令人意想不到的行爲。

昭和三十八（西元一九六三）年九月，由講談社出版了這部長篇小說，立刻引起世人的矚目。其後並由美國的電影公司拍成電影，片名也叫做「午後曳航」，曾經在台灣放映過。希望讀者能夠細細地欣賞這本書的特色，並從本書裡探討三島的內心世界！

目次

第一部　夏

第一章

「睡覺吧！」母親說著，並在阿登的房門外上了鎖。萬一發生火災，該如何處理呢？當然，母親保證萬一失火的話，一定搶先爲他開門。如果到時候建材遇熱膨脹、或是熱度熔解了塗料，把鎖孔塞死，看她怎麼辦？跳窗逃命嗎？但是，臨窗的地面是石階，這棟樓房又特別高，從二樓跳下去不摔個半死才怪！

歸根究底，全是阿登自作自受。有一次，他在半夜裡偷偷溜出去參加「首領」邀約的聚會，不管母親怎麼逼問，他就是不肯說出首領是何許人物，惹火了母親，才會遭到被反鎖的處罰。

這棟由死去的父親一手策劃建造、座落於橫濱中區山手町谷戶坂上的家，在美軍佔領期間，房子裡的部分裝潢被重新改造，因此二樓每個房間都有廁所，被關在裡面也沒什麼不方便；不過，對一個十三歲的少年來說，這項責罰可說是莫大的屈辱。

有一天早上，阿登一個人被留在家裡看家，他一肚子氣無處發洩，只好回到房裡到處亂翻。和母親房間的隔間部分是壁櫥式大抽屜，他拉開抽屜，把衣服全扯出來，丟到地板上洩憤。當他摜得正起勁時，突然看見一絲光線從大抽屜後面透進來。

阿登把頭伸進去，想弄清楚光線的來源。原來是初夏早晨強烈的日光，經過海面的反射作用，佔滿了母親的房間。抽屜相當大，他稍微屈腿彎腰，整個人就可以鑽進去，如果是成人，大概也能容納半個身子吧！

意外地發現一個可以偷窺母親房間的小洞，阿登覺得相當新鮮。

房間左邊靠牆處擺著一張父親喜愛的紐奧良式銅牀，是父親生前購自美國的，他死後還是擺在原來的位置上，至今依舊閃著黃銅的光輝。牀上明顯地繡著一個大寫K——阿登姓黑田，K是英文拼音的字首——繡著K的白色牀單，整整齊齊地鋪在牀上。上面還擺著一頂繫著淺藍色緞帶的藍色麥稈帽，牀鋪旁的小櫃上放著綠色電風扇。

右側靠窗部分，有一面橢圓形三面鏡，由於隨手稍微合攏著，所以鏡子的稜角部分如冰塊般發出折射光。鏡子前擺著各式各樣的化妝品，有古龍水、噴灑式香水、紫色化妝水，以及光澤晶瑩的波西米亞式粉撲玻璃盒……一雙深咖啡色的花邊手套被揉成一團丟在鏡前，宛如一束乾枯的杉葉。

梳妝台對面有張長沙發倚窗而立，還有檯燈、兩張小椅子和精緻的小茶几。沙發上擱著未完工的刺繡，時下雖已不流行，但母親卻對之頗有興趣。從這裡看去不清楚上面繡些什麼，只見銀灰色的布面上，好像是鸚鵡之類的鳥翼，圖案華麗庸俗，看樣子已完成了大半。旁邊是一雙亂成一團的絲襪，似乎是隨手扔過去的。膚色的薄襪胡亂地纏掛在花紋緞面的沙發上，使整個房間的氣氛，顯得極不協調，必定是母親在臨出門前才發現絲襪脫線，匆忙換好一雙新襪子後，順手丟到沙發上的。

玻璃窗上映著一片天空，在天空游移的幾朵雲彩，因海面光線的折射產生宛如珐瑯質般的堅硬感。

阿登窺視著這個房間，忽然覺得他看的不是母親的房間，而是一個全然陌生女人的房間。這確實是屬於女人的房間，每個角落都充滿了女性氣息，空氣中依稀可嗅到女人的餘香。

……突然，阿登有種奇妙的感覺。

這個可以窺視隔壁房間的小洞，是自然形成的嗎?或者是因爲美軍佔領期間，有好幾對夫婦曾住在這裡……然後……

阿登忽然覺得好像有一羣渾身是毛的金髮外國人，和他一起縮著身體擠在這個佈滿塵埃的大抽屜裡……他這麼一想，空氣中立刻升起一股臭騷味，教人難以忍受。

他移動身體倒退著爬出來，急急忙忙往隔壁房間飛奔而去。

當時的奇妙印象，阿登始終無法忘懷。

他跑進母親房間，卻發現那不再是剛才所見到的那個神祕房間，又變成他所熟悉的、母親所住的呆板又單調的地方。在這裡，母親停止刺繡，打起精神教他做功課；在這裡，母親嘮嘮叨叨地罵他又呆又笨；在這裡，母親叨唸他的領帶從來沒有打正過。或是這麼說著：

「你已經不再是小孩子了，別老是藉口要看船，整天往媽媽房裡跑！」

有時候，母親也會從店裡抱些帳簿回來查看，或是面對著稅單，坐在桌前托腮沈思。——都是在這個房間裡。

阿登想從這裡找到那個小洞。

實在不容易找到。

再仔細一看，就在牆壁上。精緻的古式雕花木板，刻著一縷縷的波紋，小洞正好夾在木雕的波紋中，被掩蓋得天衣無縫。

——阿登又轉身奔回自己房間，把地板上一團散亂的衣物疊好，放回原位，然後再把大抽屜一個個放回去。同時他暗自決定，今後行爲務必小心謹愼，千萬別惹大人們注意到大抽屜的祕密。

自從發現這個小洞之後，每當母親特別嘮叨或被反鎖在房裡的夜晚，他就悄悄地拉開大抽屜，盡情欣賞母親睡前的姿態。如果母親當晚對他溫和可親，他就不窺視了。

阿登發覺，只要天氣有點悶熱，臨睡前母親就有裸身的習慣。若她太靠近穿衣鏡的話，阿登偸窺時就感到很吃力，因爲穿衣鏡是放在他看不見的角落裡。

母親才三十三歲，由於經常到網球俱樂部練球，外表雍容華貴，而且身材也勻稱健美。上牀之前，她習慣在身上抹點古龍水。但是有時她在抹過古龍水之後，仍然坐在鏡前不動，以失神的眼光看著鏡子，用手指沾著連阿登都聞得到的香水，抹在全身各處。這時候，阿登往往把母親擦著蔻丹的十指誤認爲是在流血。

這是阿登有生以來首次如此清楚地看到女人的身體。

她的雙肩宛如一道海岸線，分成左右兩邊自然地滑下，頸部與臂膀因日曬而略微黝黑，但是從胸口開始，則呈現凝脂般的潤澤、白皙，有如一片純潔的處女地，乳房呈傾斜弧度，如雙峯突起，聳然而立。當她用雙手輕輕搓揉時，葡萄般的乳頭便堅挺如花。隨著呼吸輕微起伏的小腹，腹部有妊娠線。阿登曾在父親書房伸手不可及的書架上，找到一本紅色封面的小册子。那本小書被蓄意混在「四季花草栽培法」及「公司組織概要」之類的叢書裡，而內容則是記載一些有關人體的種種。因此，阿登對女性的身體已稍有認識。

接下來，阿登看到那片黑色的領域。然而，無論他怎麼睜大眼睛，看得眼睛發痛，就是看不清楚……。他想起了所有聽過的猥褻話。但是，他卻無法把那些話和眼前的印象串聯在一起。

阿登的朋友曾說過，那個地方像個可憐的空屋，然而，那個空屋與這個世界帶給他的空虛感，其中究竟有何關係？

十三歲的阿登，一向以天才自居（他的朋友也深信不疑）。他認爲世界是由幾個單純的記號與某些決策所形成；人一出生，就被死亡之根所束縛，注定要慢慢地邁向死亡，人類只能不時灌漑些水分來培育他，以維持短暫的生命。生殖是一種虛構，社會結構也是一種虛構。不管是父親或是老師，全是一種虛構。只要是成爲父親、老師，就犯下了虛構的大罪。因此，八歲時父親的早死對他而言，反而是一件可喜的事。

月光灑滿房間的晚上，母親總是熄了燈，裸身站在穿衣鏡前，那種虛妄的感覺，往往令阿登難以入眠。因爲，在那柔和的光線與身影中，一種不屬於這世界的東西正對他敞顯著……

他想，如果我是阿米巴細菌，以微小的肉體，或許能戰勝這種感覺吧！但是，人類的肉體不夠大也不夠小，什麼也戰勝不了。

夜裡，偶而會從打開的窗戶那邊，傳來幾聲夢魘般的汽笛聲。當母親溫和待他的夜晚，他未去偷窺就上牀睡覺，可是，夢中仍然浮現出那些惹人厭煩的影像。

阿登向來對自己的一副鐵石心腸引以爲傲，即使在夢中他也從不哭泣。牡蠣、富士壺十分頑強可恨，它們能夠抵抗海水腐蝕侵害船底，但阿登認爲這不算一回事，他的心就像巨大的鐵錨般堅硬，可以冷然地沈入堆滿空瓶子、橡膠製品、舊鞋子、缺齒的紅梳子、啤酒瓶蓋的海底泥土中。……阿登希望，有一天能在自己的心臟刻上錨狀的刺青。

……暑假快要結束的某夜，母親對他特別地嚴厲。

那晚來得相當突然，阿登毫無預感。

母親在傍晚時分出門，她說，爲了要感謝二副塚崎昨天那麼親切地接待阿登參觀，所以要請他吃晚飯，母親出門時穿著大紅色的上衣，外罩滾花邊的黑絹衣服，繫著一條紗腰帶，美得無法用筆墨形容。

晚上十點左右，塚崎陪著母親一起回來，阿登跑到門口迎接他們，喝得微醺的二副坐在客廳裡，漫言些航海的故事。十點半，母親就催阿登去睡。她把阿登趕進房間後，立刻在門外上了鎖。

那晚相當悶熱，大抽屜裡更是悶得透不過氣來。阿登趴在抽屜口，耐心地注意隔壁的動靜，大約過了十二點後，終於聽到母親躡手躡腳上樓的聲音。腳步聲到他的門口停住，接著轉動了一下門把，好像是要確定門是否鎖好，轉動門把的聲音讓阿登嚇得不敢動彈。過了一會兒，傳來母親開啓房門的音響。阿登一身是汗，還是鑽進大抽屜中。

母親房間的窗戶打開著，已偏向南方的月光照映在玻璃窗上，因此房中的一切清晰可見。二副身上繡著金絲肩章的襯衫領口敞開，露出胸膛，悠閒地倚在窗前，母親的身影湊上前去，兩人就在窗邊擁吻。

長吻之後，母親依偎在二副胸前，撫著他襯衫上的鈕扣喃喃細語，然後打開檯燈，讓室內籠罩在一片模糊的燈影中，自己卻退到燈光之外，就在小洞窺視不到的角落，大約在衣櫃前，響起了母親寬衣解帶的聲音，先是尖銳刺耳如靈蛇吐信，接著是柔衫滑落地面之聲。窺視的小洞飄來陣陣亞諾貝喬的香水味，那是母親慣用的牌子。阿登到現在才知道，在悶熱的晚上走了一段路，喝過酒，且流了一身汗後，脫衣時竟會散發出這麼濃郁的香味。

窗邊的二副一動也不動地凝視著母親。模糊的燈光下，只見一雙灼熱的眼睛，在他黑褐色的臉孔上射出光芒。

阿登平時常在檯燈前量自己的身高，因此，他能估計出這位站在檯燈旁的二副大約有多高。他頂多一百七十公分，也許只有一百六十五公分，或者再高一點吧！不如想像中高大。

塚崎慢慢地解開鈕扣，一件件脫掉身上的衣物。

他的年紀約略和母親相當，那遠比陸地上工作的男人結實雄壯的身體，是由海洋所鑄造出來的。寬厚的肩膀有如寺廟的飛簷，巍然聳立，厚實的胸膛上胸毛濃密。身上處處可見隆起的肌肉，健壯如粗繩般一束束起伏著，看起來好像是穿了一件隨時可卸下的肉甲。最令阿登吃驚的是，在其腹部長滿濃毛的地方，那個東西竟然挺起來。

模糊的燈光從側面照到塚崎的胸膛上，他的胸毛隨著沈重的呼吸上下起伏，狂亂的眼光注視著母親脫衣的動作。月光從背後照映在他那筋肉怒張的肩膀上，抹上一道金色稜線，連粗大的脖子上浮起的頸動脈也被染成金黃色。乍看之下，彷彿擁有一身金質的肉體，又似月光與汗水製成的黃金體。

母親脫衣的動作十分緩慢，或許是故意如此吧！

突然，一陣淒厲的汽笛聲劃空而來，震撼了整個原本幽暗寂靜的房間。那是巨大、狂野、充滿了悲哀的海洋在咆哮著，如同鯨背般滑膩幽暗，包含了海潮所有的喜怒哀樂，是千百次航行的記憶，滿載了喜悅和悲哀的咆哮聲。那種感覺，彷彿是從遙遠的海岸，或是海洋的深處送來了一分充滿甜蜜氣氛的憧憬。夜的狂熱，隨著汽笛聲侵入了房間。

二副猛然轉頭，眼光抛向無垠之海洋……

——這一瞬間，彷彿奇蹟出現，以往深藏在內心的疑惑，終於完整而毫無保留地展現在阿登眼前。

汽笛未響之前，就像幅未完成的圖畫，萬事俱備，一切都朝著偉大的瞬間進行，但就是缺乏一種力量，所以無法將這一堆材料變成一座美麗的宮殿。

而一聲汽笛，便是那決定性的一筆，使這幅畫變得完美無缺。

在此之前，月亮、海上熱風、汗、香水、成熟男女裸露的肉體、航海的蹤跡、對世界各港口的記憶痕跡、令他面對這些情景喘息的小洞、少年堅硬的心……這些東西確實聚集在一起，但只不過像是一堆散亂的紙牌，並不代表任何意義。藉著汽笛聲，像是獲得了一股來自宇宙的力量，使散亂的紙牌得以連貫，把他與母親、母親與男人、男人與海、海與他連繫在一起，形成一個無法動彈的環節。

……阿登感到呼吸困難，汗水涔涔，精神恍惚，幾近昏厥。他覺得出現在眼前的一連串鏡頭，可能是十三歲的自己憑空創造出來的虛像，是不容破壞的神聖圖畫。

「不能破壞它，如果被破壞的話，世界也會面臨毀滅。爲了維護它，我將不惜任何代價。」

如夢似幻中的阿登下定決心。

第二章

塚崎龍二早晨醒來，驚覺自己躺在陌生的黃銅牀上，身旁的人卻不見了。接著慢慢想起來，昨晚臨睡前她曾說過，兒子明天早上要到鎌倉的朋友家游泳，她必須早起，把他送出門後會立刻回房來。

他伸手摸索放在牀邊小櫃上的手錶，利用遮光不全的窗帘透進的少許陽光，看了時間。七點五十分，阿登可能還沒出門。

昨夜大概睡了四小時，若在船上，值完班後大約也是睡這麼久。

儘管睡得不多，他卻依然充滿活力，夜晚的歡樂，使他目光有如上緊的發條，在體內不停地震盪。伸伸懶腰，雙手環抱胸前。自窗帘照射進來的陽光，將濃濃的臂毛映成一圈圈金色的漩渦，他注視著，然後露出了滿足的笑容。

雖然是一大早，天氣卻相當悶熱。昨晚睡覺時，窗戶一直開著，但是窗帘一動也不動。龍二再次伸伸懶腰，然後按牀櫃上電風扇的開關。

「二副，再過十五分鐘就該你値班喔！」

剛才在朦朧的睡夢中，他彷彿聽見了舵手的呼叫聲。在船上的每一天，他要負責中午到下午四點、以及深夜十二點到凌晨四點的輪値工作，其間陪伴著他的，只有大海與星辰。

在這洛陽丸貨輪上，龍二是公認的怪人。船員們唯一的樂趣是南聊北扯，船上的術語稱之爲「拍肩膀」，大家都喜歡搞這活動，龍二卻對此興趣缺缺。因爲那些人聊天的話題，不外乎女人、陸上的故事，以及吹各式各樣的牛皮……他討厭這些內容低俗無聊、純粹爲排遣寂寞而聒噪不休的聊天方式，更不願經由這種儀式，勉强自己認定是他們的同類。

大多數船員之所以上船，都是因爲喜歡海，龍二則是因爲討厭陸地才當上船員的。他從高等海事學校畢業時，正値佔領軍解除禁令，准許日本商船航行外國航線。於是，他上了戰後首艘遠洋貨輪，隨船航行到過台灣、香港，隨後又去了印度、巴基斯坦。

熱帶的風情景物，令他胸臆充滿了喜悅。每當船靠岸時，那些純樸的土著孩子，就帶著香蕉、木瓜、鳳梨、色彩鮮艷的小鳥以及小猴子，來和船員交換尼龍絲襪和手錶。他也傾心於在河邊倒影婆娑的孔雀椰子林。有時候，他會問問自己，對椰子樹如此鍾情，是否因爲前世的故鄉就是長滿這種植物的地方呢？

經過了數年之後，異鄉的景物再也無法激起他心中的熱情。

其實在本質上，他自覺既不屬於海洋，也不屬於陸地；海洋已將他塑造成奇妙的海員性格。或許討厭陸地的人，應該永遠留在陸地上才對。因爲無論如何抗拒，長久遠離陸地的航海生活，總有一天又會使他重新燃起對陸地的嚮往，他會懷念原本厭惡的對象。

龍二對陸地所擁有的不動特質，以及一成不變的外在都感到憎惡。然而，船又是另一個牢房。

二十歲時的他熱切地想著：

「榮譽！榮譽！榮譽！我就是爲追求榮譽而生的！」

想要爭取何種榮譽呢？而且，到底那一種榮譽適合自己呢？他也不明白。他只是執著一個信念，相信在黑暗世界的深處，潛藏著一絲光芒，而那光芒正爲他閃閃發亮，只爲照亮他而存在。

他愈想愈相信，爲了要爭取榮譽，世界勢必要來一次天翻地覆的大轉變，這大轉變將使世界顚倒？或是使他榮譽？二者之間只有一件事會成爲可能。他期待著大風暴。然而，船上的生活歷練告訴他，自然的法則即一切秩序井然，地球上所發生的一切變動，都會自行復原。

每個人在船艙裡掛著一個月曆，船員們都習慣每一天用鉛筆在日期上打個×，表示這一日已經過去了。龍二也每日反省自己的希望與夢想，然後逐一勾消。

可是，每當深夜輪值時，望著那幽邃的海浪，望著在黑夜裡閃耀的海水，龍二又會覺得，自己所追求的榮譽，正如螢火蟲一樣閃閃發亮，只爲了照亮他站在世界盡頭的英姿，悄悄地蜂擁而來。

當時，即令身處在潔白光亮的舵艙裡，被舵輪、雷達裝置、傳聲器、羅盤以及從天花板垂下的金色號鐘所包圍，他依舊相信：

「我必定具有與衆不同的命運，那是光彩耀眼、不同凡響的，絕非那些毫無執著意志的人所能擁有的命運。」

此外，龍二喜歡流行歌曲，每次出航必定帶一些新買的唱片上船，工作休息時也會隨口哼上幾句。不過只要有人走近，他立刻閉嘴不唱。他最喜歡水手歌（一般自負的船員，最討厭這種歌），尤其是「我不能放棄當水手」這首歌：

汽笛聲響，彩帶斷，
船已離港，
我是眞正的海上男兒，
向逐漸遠去的碼頭街市，
悄悄地、悄悄地，揮手告別。

結束白天値班到晚餐之前的那段時間，龍二總是把自己關在夕陽映照的船艙裡，將電唱機的音量調整到最小限度來欣賞這首歌。他並非怕打擾別人而把音量調低，而是不希望其他同伴知道他聽這首歌，並且防止他們跑來找他「拍肩膀」。這一點大家都清楚，所以沒有人會進去打擾他。

聽著這首歌，隨著歌曲哼，再細細品味歌詞的內容，龍二不由得熱淚盈眶。四處流浪、毫無牽掛的他，竟然會爲了「逐漸遠去的碼頭街市」而感傷，眞是令人難以置信。然而，眼淚彷彿來自他的防線之外——某個堆滿塵封記憶而又特別幽暗脆弱的角落，一旦觸動，便一發不可收拾。

他的淚水不曾在船將離港時對著逐漸遠去的陸地流過，他總以冷漠的眼神，望著逐漸遠去的棧橋、船塢、桁架上的起重機，和一排排的倉庫屋頂。出航時燃燒般的熱情，經歷了十數年的航海生活，日益冷淡褪色，最後得到的收穫只是被曬黑的皮膚與銳利的眼神！

他輪值、睡覺、醒來；再輪值、睡覺。刻意保持自我的結果，使他的感情日益麻木，而存款數目則不斷增加。在海上生活的歷練下，使他善觀天文、測星象，熟悉船索的保養與甲板上的各種雜務。他在夜裡傾聽海潮咆哮，用耳朵來辨別海流的緩急動靜，學會辨識熱帶區的高空積雲以及使海水呈現七彩的珊瑚礁。這些本領使他銀行的存款與日俱增，如今，雖然仍是個一副，卻出人意表地擁有二百萬的龐大存款數目。

多年前，龍二也曾享受過花錢所帶來的快樂。失去童貞是在第一次出航時，船在香港停泊，由一個「前輩」帶他到蜑民那兒找女人……。

——龍二躺在銅牀上抽煙，任由電風扇把掉落的煙灰四處吹散；瞇著眼睛，像是在將昨晚所獲快樂的質與量，拿來與第一次快樂的質量做比較。

眼前清晰地浮現出香港晦暗的碼頭，污濁而沈甸甸的海水拍打著，一大羣擠在一堆的舢板發出了微弱的燈光。蜑民夜晚停泊處，無數船桅林立，蓆製的風帆都已經捲起。遠處香港街市的高樓大廈，到處明亮閃爍的燈光，與可口可樂的霓虹燈招牌都映在黑水裡，在這些繁華燈火的對照下，此處更顯得燈火寂寥。

一個中年女人用舢板載著龍二和那位前輩，在狹窄的水道上靜靜搖櫓滑行。沒多久就來到燈火密集的中心，龍二看到了好幾個女人所居之船屋緊鄰並列，其間燈火格外明亮。

舢板排成一列列橫隊，分三方將水面圍成一個中庭。船尾朝外，其上均插著祭拜地祇的紅綠紙旗和香炷。半圓形的遮雨蓬內側貼著花布，舢板裡面也用同樣的花布佈置了一個神壇，神壇上還掛著一面鏡子。龍二他們的船影，就如此一間接一間地飄掠而過。

女人們多半是一副視若無睹的神態，偶爾有幾個冒著寒冷從被窩裡探出頭來，個個都是抹得一臉白粉，像是平板的布偶臉。也有女人把腿藏在被窩裡，一聲不吭，埋頭用撲克牌玩算命遊戲。一張張背面印有金色、紅色華麗圖案的撲克牌，從女人泛黃的纖指間滑過。

「想要那一個？都很年輕喔！」

同伴問他，龍二默不作聲。

爲了選擇他生命中的第一個女人——這些女人在香港污濁的海面上，幽暗燈光照映下，有如細小污穢的紅藻飄浮著——他橫跨一千六百海浬而來，難道就是爲了這些污穢的紅海藻？他不禁感到疲倦而困惑。然而，這些女人確實都很年輕、可愛，早在同伴相問之前，他就已選好對象了。

當他移向選好的那艘舢板時，那原本臉頰幾乎凍僵、漠然靜坐的娼婦，忽然望著他露出了幸福的笑容。於是，龍二亦相信自己眞是那將要帶給她幸福的人。女人拉上花布窗帘，隔絕了外面的世界。

一切都在無言中進行。龍二的感受就像第一次爬上了桅竿，虛榮心讓他興奮得顫慄。……女人的下半身藏在被窩裡，彷彿冬眠蟄伏中的小動物，半睡半醒間緩緩蠕動，令他覺得自己好像在深夜裡爬到船桅頂端，望見滿天星斗搖搖欲墜，在天際閃閃發亮，東奔西竄，一會兒在桅竿南邊出現，一會兒又移向了北端，又一瞬間，竟跑到東方。最後，終於被桅竿刺穿。……當龍二猛然醒覺衆星斗是女人的化身時，一切也隨之消失。

敲了門，黑田房子端著一大盤早餐走進來。

「對不起，我來晚了，阿登剛剛走。」

說著，把餐盤放在窗邊那張精緻的小茶几上，然後把窗戶和窗帘全拉開。

「一點風也沒有，又是個大熱天。」

她映在窗前的身影就像大太陽下的瀝青，熾熱得幾乎快燃燒起來。龍二從牀上坐起身子，拉過皺巴巴的牀單圍在腰際。此刻的房子已經穿戴整齊，裸露的玉臂不再用來纏住男人，而正輕巧地將咖啡注入杯中。龍二注視著她的動作，發現這雙手已異於昨晚那雙熱情的手臂了。

龍二招手叫房子過來，擁住她親吻。透過薄薄有敏感的眼皮，可以清楚地看到眼球轉動的情形，雖然房子閉起眼睛接受他的吻，龍二依然感覺到她的情緒不太穩定。

「幾點要到店裡？」

「十一點之前到就可以了。你呢？」

「我只要到船上露個臉就行了。」

兩個人對於一夜之間造成的新關係，多少還是有點尷尬。現在這種尷尬的氣氛，似乎變成他們之間一種新的禮貌方式。龍二也採取了「高深莫測的傲慢」姿態，暗自猜測二人之間的關係，究竟可以深入到何種程度。

從各種角度來看，房子臉上一片開朗，這意味著什麼？是爲新生感到喜悅呢？還是一切已成過去，不留痕跡？或者對她而言，只是一項毫無意義的自我證明？

「到這邊吃早餐吧！」

說著，房子已走到長沙發旁邊。龍二一躍而起，慌忙穿好衣物。

房子倚在窗旁，眺望著窗外的海港。

「如果從這裡能看到你的船，該有多好！」

「碼頭離市區那麼遠，當然看不到。」

龍二從背後用雙手環抱她，一起遠眺港灣。

近處是古老的倉庫街，紅色屋頂並排在一起，北邊是山下碼頭，那兒已經建築了幾座新式的鋼筋水泥倉庫。運河上滿是來來往往的駁船和舢板。過了倉庫街，就是製作木器、存放木材的堆木場，然後，才是深入海中的長堤。

港口的風景，如同鋪上了一層由巨大的鐵砧打薄的金片，經夏日朝陽一照，發出了眩目的光芒。

龍二的手指隔著藍色痲質上衣，觸摸到她的乳頭。她的頭部微微後仰，髮絲與他的鼻尖廝磨。他突然覺得從大老遠處趕來，甚至來自地球的背面趕來，就爲了這種細微的感覺，正如他目前站在灑滿晨曦的窗邊，享受指尖觸摸到的一點快感。

房間裡充滿了咖啡與果醬的香味。

「阿登好像對我們的事有點感覺，不過，這孩子對你印象不錯，應該沒什麼關係。……倒是我們倆怎麼會發生這種事，我到現在還不敢相信這是眞的。」

房子故意感覺遲鈍般，滔滔地說出這一串話。

第三章

蕾克斯在元町是一家頗有名氣的舶來品老店，丈夫死後，房子便一手將店務接攬過來。

這是一棟西班牙風格的兩層樓建築物，規模不大，但相當引人注目。厚厚的牆壁刷成白色，上面嵌著西洋式花彩玻璃窗，店裡的裝潢則顯得樸實典雅。樓上下之間有層閣樓，四方型的建築留有小型中庭，中庭地面舖滿了西班牙進口的地磚，中央還有一座噴泉。店裡的佈置擺設，除了一般商品外，還有店主私人的收藏品。例如一座以青銅製的羅馬酒神雕像，手臂上掛著幾條名牌領帶，這是一件價值不凡的骨董，屬於非賣品。

房子雇用了一位老經理和四名店員。而光顧者除了山手町附近的外國人，也有些來自東京，以及一些電影明星或比較時髦的人，甚至銀座的零售商也到這裡來補貨。因爲這家老店對商品的鑑識與選擇具有獨到的眼光，一向信譽卓著。老經理繼承了男主人的喜好，商品的選擇偏向男性用品，房子和他在一起工作也未敢稍有輕忽。

通常船一進港，房子就透過與丈夫熟識的進口代理商，也就是所謂的乙種海運介紹人的關係，貨品剛卸下便第一個趕到保稅倉庫去選她所要的東西。房子這家舶來品店相當重視商標，同樣是耶克牌高級毛衣，她總是購買高級品與實用品各半，出售時看情況調價。像義大利皮革製品，房子除了出售肯德基街的高級品之外，也和弗羅倫斯的聖·克羅齊寺院附設的皮革學校訂約交易。

房子因兒子的關係，不能隨意出國辦貨，於是這任務就落到老經理身上。去年房子派他到歐洲一趟，結果在各國都建立了不少新關係。可以說他把一生都奉獻在男裝的潮流上，就連在銀座買不到的英國製鞋套，到蕾克斯都能買到。

房子一如往常地按時走進店裡，老經理和店員們一一向她道早安，她問了一下有關店務的狀況後就走上二樓，到辦公室裡整理商務信件，房中四下悄然，唯有窗戶旁的冷氣機發出森冷有力的聲音。

幸好，一切都和平常一樣。坐在辦公桌前的房子不禁鬆了一口氣。如果今天就此休息的話，那往後該怎麼辦？

她從手提袋裡掏出了女用香煙，點燃後再翻翻桌上的桌曆，看看今天的工作預定表。女明星春日依子正在橫濱出外景，將利用中午休息時間來店裡採購。她到國外參加影展，卻把買禮物的錢也用個精光，只得等回國後到蕾克斯來買些舶來品權充權充。她預先來過電話，要二十份法國製的男士用品，商品種類不拘。除此之外，橫濱倉庫的董事長秘書要求爲董事長選購幾件打高爾夫球用的波羅牌義大利襯衫。這些人都是盲目信仰蕾克斯的豪客。

透過百葉窗的縫隙，樓下中庭的情況一覽無遺。擺在院中的塑膠樹，葉片因陽光的照射而發出光輝。看樣子還沒有顧客上門來。

老經理澀谷先生是否看透了她的心事？那個老頭子，剛才竟然用審查毛料似的眼神盯著她看，無視於她的店主身份，害她臉紅心跳，眼角到現在還在發燙。

丈夫去世已經五年了，直到今天早晨，房子才敢細數別後歲月。過去的五年，她並不覺得是段很長的歲月，可是，今晨頓時驚覺，那些日子竟是如此漫長，彷彿一條永遠纏不完的白色帶子。

房子把香煙放在煙灰缸裡捺熄。她覺得那個男人的身影，依然存在體內的每個角落。衣服底下的每一吋肌膚都充滿了那種說不出的快感，胸部與腿部的肌肉，似乎還在與對方的肌肉相呼應，留在鼻尖上的男性汗味至今未去。她的腳趾在高跟鞋內輕輕彎了彎，然後房子便陷入沈思。

——前天，她才初次見到龍二。在愛船的阿登一再要求下，房子只得透過店裡的顧客向船公司的主管索取介紹函，帶阿登去參觀正停泊在高島碼頭正岸的萬噸級貨輪洛陽丸。母子二人先站在碼頭上眺望洛陽丸的雄姿。洛陽丸外觀漆著草綠與乳白色調，在夏日陽光照耀下，發出炫目的光輝。房子撐起長柄的白色蛇皮洋傘。

「海面上滿滿的都是船，看哪！都在等著碼頭空出船位才能進港喔！」阿登說話的口氣像個行家。

「是嘛，我們的貨就是這麼給耽擱了。」

房子抬頭觀看那些船隻，熱得實在吃不消，連話都懶得說了。

佈滿夏日雲朵的天空，被空中交叉的船纜分割成一小塊一小塊。船首無限高大，正如一個人因恍惚仰望上空而削薄的下顎。一個綠底的公司旗幟在船首頂端飄揚。錨被拉高，就像一隻鐵質黑色巨蟹似地盤踞在錨穴裡。

「我好高興哦！」阿登天眞地說，「等一下就可以參觀船上的每個角落了。」

「別高興得太早，還不知道這封介紹信管不管用。」

事後回想起來，似乎在遠眺洛陽丸全貌時，就有某種預感，使得她莫名其妙地心跳加速。那種感覺來得毫無緣由，幾乎是在爲太陽曬得受不了的同時，突然襲上心頭。讓她不由得暗嘲自己：「怎麼搞的？連我也變得像個小孩子！」

「平甲板型的，嗯，好船！」

阿登異常興奮，恨不得把自己所知的全部搬出來，一一告訴興味索然的母親。母子倆漸漸走近洛陽丸，船身也愈變愈大。走到近處，阿登立刻快速跑過去，搶在母親前面爬上銀色的舷梯。

房子拿著要給船長的介紹函，在高級船員室前的走廊下來回走動，卻不知船長在那兒。甲板那頭傳來了搬貨的嘈雜吆喝聲，更顯得這邊悶熱的走廊上冷清不堪。

就在此時，二副室裡走出了穿著白色短袖襯衫、戴制帽的塚崎。

「請問船長在那裡？」

「船長不在，有什麼事嗎？」

房子拿出介紹函，阿登睜大雙眼望著他。

「知道了，想參觀我們的船。我帶你們看吧！」

塚崎注視著房子，以生硬的口氣說道。

這就是兩人第一次見面的情形。房子還清清楚楚地記得龍二當時的眼神。略黑的臉上有股憂鬱，那注視著房子的眼神，好像在追尋遠方水平線上的一點船影，至少，當時房子的感覺就是這樣。他的眼神那麼銳利，那麼毫無遮掩，若非兩人之間隔著一片寬闊海域，確實會令人感到不自然，是否日夜看海的眼睛，都會變成這樣？然後像是突然發現意外出現的船影，因而產生了不安、喜悅、警戒與期待……。那艘被發現的船，只有以海與之保持距離方能抵擋他那破壞力十足的眼神，並原諒他的無禮。在他那種眼光下，房子仍忍不住打了個寒顫。

塚崎先帶他們二人參觀船橋。在從小艇甲板登上航海甲板時，夏日午後强烈的陽光把鐵梯斜切成二段，阿登眺望佈滿海面的貨輪，又再度「現寶」：

「看！那麼多船，都在等碼頭空出船位才能進港，對不對？」

「你知道的眞不少！孩子，有些船得要在海面上等上四、五天才能輪得到船位。」

「如果碼頭有了空位，是不是用無線電通知？」

「是啊！公司方面會拍電報過來，每天都召開碼頭會議，決定輪到那條船進港。」

房子發現塚崎背後的汗水已經濕透了白襯衫，結實的肌肉展露無遺，她一方面有些不安，一方面由衷地感謝對方把阿登當成大人來看待，鄭重地回答孩子提出的每個問題，塚崎側過頭來，困惑似地看著房子，說道：

「你的孩子懂得不少嘛，將來打算上船嗎？」

她頓時無法回答，又打量了一下這個看來木訥質樸，又似玩世不恭的男人，到底他對自己的職業給予何種評價呢？她把疊好的傘撐開，在陽光下瞇起眼睛注視著對方時，居然在他的眉頭深處，發現了那種不可能在烈日驕陽下出現的表情。

「最好還是不要有這個念頭，這行枯燥乏味。……呶，孩子，這就是測候器。」

未待房子作答，他就轉過身去，用手拍著一部高長而漆成白色的茸狀機器。

進入操舵室後，阿登更是好奇得什麼都想去碰碰看：輪機室傳令器、自動控制水壓操舵裝置、雷達指示器、航路自繪器等等。阿登面對著輪機室傳令器上的停止、預備、前進等標誌，不禁幻想著發生海難時的種種狀況。隔壁就是海圖室，書櫥裡擺滿了航海表、氣象曆、測候表、日本港灣則表、燈塔表、潮汐表、水路誌等航海資料。還有圖面上留著一些橡皮擦擦拭過的痕跡的航海圖正攤在桌上。這些讓阿登看得興奮異常，彷彿在參觀一項正在進行的奇妙作業，航海日誌上有許多標誌圖型，半圓型的太陽表示日出，反方向的就表示日落；金色的小三角代表月出，反方向則表示月落；漲潮、退潮則以波浪線顯示。

當阿登熱衷於眼前的一切事物時，房子卻因室內的悶熱與塚崎的存在，覺得全身發熱、氣悶不已。所以當倚著書桌而立的長柄蛇革白傘突然倒地時，房子還失魂地以爲是自己昏倒了。

房子發出一聲驚叫，倒下來的傘正打在腳背上。

二副立刻彎下腰去撿傘。房子看他撿傘的動作，慢得彷彿潛水夫在水中潛水。他的白色制帽在海底停留了令人窒息的片刻後，撿起了傘，接著慢慢地浮上來……

——澀谷經理推開百葉門，探進那張佈滿皺紋的臉，說道：

「春日依子小姐來了。」

「好，我馬上過去。」

這唐突的聲音讓她嚇了一跳，立刻回聲應答，但是她隨即爲自己的慌亂懊悔不已。

房子走到落地長鏡前，端視自己的儀容。她覺得自己的心彷彿還留在船上的海圖室裡。

依子戴著一頂向日葵形的寬邊大翻帽，和另一名陪同前來的女子站在中庭內。

「拜託媽媽桑挑選一下，要不然……」

房子實在不喜歡別人這樣稱呼她，這種稱呼會讓她覺得自己像個酒吧的老闆娘。她慢慢走下樓梯，來到春日依子面前。

「歡迎光臨，今天眞熱！」

依子緊跟著也抱怨碼頭上擁擠的人潮與酷熱的驕陽。房子立刻聯想到龍二擠在人羣裡的模樣，不覺心中一陣翻攪。

「木田先生拍片的速度眞驚人，一個上午就拍了三十幾個鏡頭！」

「有沒有得獎的把握？」

「不行啦！反正我也不指望靠這部影片得演技獎。」

這幾年來，春日依子一直巴望能奪得個演技獎。今天到這裡來買土產，就是用來「活動」評審委員們的。依子這個人不管聽到什麼醜聞，只要不沾到自己身上，全都覺得可信。照她平日的表現看來，如果能夠得獎，即使向全體評審委員獻身也在所不惜。

依子爲了維持十口之家的生計，必須全力奮戰，同時偏偏她又是個腦筋不靈光、迷迷糊糊的大美人，所以房子相當了解這個女人孤獨的一面。不過對房子來講，她僅僅是個顧客，雖然有點不喜歡她的個性，可是還是不能怠慢了客人。

今天的房子正沈醉在痲痺似的安詳狀態中。雖然依子的缺點與品格上的污點在她眼中依然明顯，但是她卻如同在欣賞金魚缸裡的金魚一樣，悉數恕之。

「本來我想快到秋天了，送些毛衣比較適合，不過，要當做妳夏天參加影展時帶回來的禮物，似乎不太合適。所以我替妳準備了卡爾且條紋領帶、吉夫四色原子筆，和一些套頭圓領棉衫之類的東西，至於送給太太們的，還是香水最受歡迎。這些東西，待會兒請妳過目一下。」

「不必了！我沒有那麼多時間哪！下午還有節目，午餐都來不及吃啦！反正，一切由妳安排，最重要的是注意一下盒子、包裝紙，要像從產地買回來的才行。」

「那一切就交給我吧！」

——春日依子走後，接著橫濱倉庫的董事長秘書也來了，他的事辦完後，只剩一些普通的顧客。

房子的午膳素來簡單，通常是從附近的一家德國麵包店叫些三明治、紅茶就解決了一餐。今天的午餐送到時，她又獨自面對餐盤。

像一個美夢被打斷而再度鑽進被窩裡尋夢的人似地，房子調整好坐姿，然後舒舒服服地回到前天，回到洛陽丸的船橋上……。

……母子二人在塚崎的嚮導下步出小艇甲板，然後到四號艙參觀卸貨的作業情形，艙門從地板上分向左右兩邊裂開，出現一個巨大而幽暗的洞。一個頭戴黃色安全帽的男人，站在稍微前突的艙口板上，用手勢指揮著前方的絞車作業。

幽暗的船艙底，許多打赤膊的工人來回走動，黝黑的肌肉上閃著汗珠的光亮。太陽下，貨物被起重機的長臂吊起，搖搖晃晃地浮上艙口。陽光在貨物上印上條紋陰影，並用難以想像的速度與貨物滑行於半空中。當陰影的滑行速度愈來愈輕快時，貨物已被吊送到船外的舢板上空了。

經過了許多緩慢的準備工作，一件件龐大的貨物終於在空中迅速地飛翔。而那身負重任的鋼索已有部分受損，在陽光下閃著銀光……。房子把撐開的傘擱在肩上，望著這一切的事物。

房子頓時自覺是那一箱箱貨物，在漫長準備後，逐一被起重機強壯的手臂攫起，拉引離地。本來沈甸甸的貨物突然被吊送到空中，房子也隨之感到像是親身經歷了一次又一次被攫獲的恐懼，然後浮遊於半空中。當然，貨物的命運註定如此，但是另一方面，這種奇蹟也包含著侮辱的意味。……因爲，隨著艙裡貨物的減少，她愈覺得空虛……。一切進行得很順利，不過過程中難免有順序的等待與怠惰，這種時間上的遲滯，在炎炎夏日裡，更令人感到十分煩躁。

房子還記得自己當時所言：

「謝謝你撥冗陪我們到處參觀，如果明天晚上有空的話，請至舍下便飯，以聊表謝意。」

記憶中的自己出奇冷靜，且以社交味十足的語氣作出以上的表示。但是在塚崎聽來，只不過是一個熱昏頭的女人在說客套話，因他以一種訝異而率直的眼神看著房子。

「昨晚在新德飯店的那頓晚餐，」房子繼續想著，「本來只爲聊表謝意才請他吃飯，他也像個軍官似的，穿戴整齊前來赴約。飯後散步了好長的一段路後，他提議要送我回家。走到山手町山坡上新建的公園裡，雙方都不想先向對方道別，就在園內一張以俯瞰海港的長椅上坐下，天南地北地聊了好久。自從丈夫死後，我還不曾和一個男人交談過這麼長的時間……」

第四章

由於房子要到店裡上班，龍二與她分手時約定晚上店裡打烊後再見面。他回船上晃了一圈，下船後頂著夏日驕陽叫了輛計程車，直奔山手町小山坡，回到昨晚散步的公園。這裡是龍二覺得最適於消磨夏日之處。

白天的公園遊客稀少，小噴泉裡水花四溢，把附近的石徑都濺濕了。杉樹的新枝上傳來陣陣蟬鳴，遠處的海港浪濤低吼。不過，此刻浮現在他腦海中的並不是眼前的港口景觀，而是昨夜的情景。

他用心地回憶著昨夜的一切，一遍又一遍地回味當時的美妙氣氛。

他伸手把附著在乾熱雙唇上的捲煙紙片拿下來，顧不得額頭上的汗水，再度陷入回憶裡。

「昨夜眞差勁，儘說些廢話！」

他並不想如此，只是自己對榮譽與死亡的觀念、隱藏在胸中的憧憬與憂鬱、還有海洋般深沈熾烈的感情，這些話從未向一個女人吐露過。想開口對房子傾訴，話到舌邊又硬生生地嚥回去。有時候，龍二認爲自己是個什麼都不行的男人，但是，當他面對馬尼拉灣壯麗的落日時，胸中也會燃起熊熊的希望之火，確信自己是個卓越超羣的人物。像這種自信，他也說不出口。

他想起了房子曾問他：

「爲什麼還不結婚呢？」

他露出了傻笑，回答說：

「誰願意嫁給船員？整天東飄西盪，很難找對象啊！」

其實，當時他想回答的是：

「那些已婚的同學，大多有二、三個孩子。每次一接到從家裡寄來的信，都欣喜若狂、反反覆覆地百看不厭……。其實信上不過是孩子們畫了些房子啦，太陽啦、花朵之類的圖罷了……我覺得他們都是放棄了機會，不再有希望的人類。我是堂堂男子漢，可不想被家綁住。我認爲身爲一個男人，聽到一聲孤寂嘹亮的喇叭衝破晨曦，透過低垂的雲靄，以高亢之音呼喚我的名字，要我爲榮譽奮鬥時，我必須從牀上一躍而起，毫無牽掛地獨自出發。……懷抱著這樣的念頭，不知不覺間過了三十大關。」

他並沒有把這些話說出來，因爲，他認爲房子未必能了解。再說，他認爲最好的女人在人生中只能遇見一次，當他們相遇時，死亡就會存於兩人之間。而這兩個人將在不知不覺中，接受命運的安排而相知相愛——這是他心目中愛的理想形式，也是他美好的信念——這些話他藏在心裡沒有說出來。他擁有這種淒美悲壯的夢想，可能是受到流行歌曲誇張的表現方式所影響。這個幻夢長久地侵入他的腦海中，逐漸茁壯，乃至根深蒂固。並且在其渾然不覺中，與海潮的幽邃情欲、大海中翻騰的陣陣海嘯、一波高過一波的海浪受挫而崩碎的傷感，以及漲潮時蟄伏於浪中源源不絕的原動力相融合，終於變得強大無比。

龍二可以確定眼前這個女人正是自己理想的對象，可是他說不出口。

在心目中，自己是最具男性氣概的男人，而對方是最富女性氣息的女人，彼此從世界的盡頭來到此地，偶然邂逅，死亡便是他們的媒介。一般鑼聲響起便輕道別離的露水姻緣，或是薄情船員慣使的花言巧語都跟他們無關，他們將雙雙走到人跡未至，如大海溝般神秘幽邃的靈魂深處。

……這種狂妄的想法，只能藏在心裡，無法對房子訴說。不過，他還是告訴房子……

「在漫長的航行中，偶而我會走到廚房去，看看那些蘿蔔、大頭菜的綠葉，它們帶給人一種涼透心脾的綠意，教人忍不住要發出綠之禮讚。」

「是的，我可以了解那種心情。」

房子客氣地應和著。她的聲音裡充滿溫柔，是女人慰藉男人時慣用的口氣。

龍二借用房子手中的扇子，替她趕走腳邊的蚊子。遠處有船靠在岸邊停泊，船上燈光忽明忽滅；近處是一間間的倉庫，屋簷規則地掛著一排燈。

忽然，他想和她談談促使一個人扼住別人脖子，而無懼於死亡的高度熱情。然而，說到最後竟是自己貧苦的身世，龍二對自己也感到莫名其妙。

龍二的父親是東京的區公所職員，母親早死，他和妹妹兩人由父親一手帶大。他的學費，完全靠瘦弱的父親拚命加班賺得，雖然家境清苦，仍然把他養得健健壯壯。在第二次世界大戰的一次空襲裡，他們的家被燒毀，妹妹也在戰爭末期死於傷寒。戰後，龍二從海事學校畢業，還來不及賺錢養家，父親就死於一場急病。因此，龍二對陸地生活的記憶，只有貧困、疾病、死亡，以及轟炸後的一片荒涼景象，從此他就遠離陸地。

這是他生平首次對女人敍述前塵往事。

談到自己坎坷的命運時，龍二故意裝成一副灑脫的模樣，又因虛榮心作祟，一心想著銀行裡的存款，使得他原本想要表達海洋所賜與的恩惠和力量的事，反而輕描淡寫幾句帶過去，那種情況，就像一個愛吹牛的男人在自我吹噓般。

龍二也想談談他對海的體驗與感受。他想說：「爲什麼我心裡特別重視那種值得爲它死，爲它燃燒的愛呢？這種觀念，完全是海洋所賜。對經年累月關在鐵造輪船裡的我們而言，日夜圍繞在身旁的海洋就是女人的化身。它風平浪靜時的柔情、暴風雨時的狂野、陰晴不定的變化，以及夕陽映照下那份無可比擬之美，都太像女人了！而且，明明順流前進，依然有阻力產生；雖然有著無窮盡的水量，卻不能解我們之渴。我們日夜處在這種容易聯想到女人的天然環境裡，而與眞實的女人相距千里。……顯然地，這種天然環境正是形成我這種觀念的原因。」

可是，這些話他並未說出，隨口哼出來的，竟是他最愛唱的歌。

我是眞正的海上男兒
向逐漸遠去的碼頭街市
……

「好笑嗎？這是我最喜歡的一首歌。」

「很好聽啊！」

雖然房子這樣回答，龍二卻有自己的想法：「她只是怕傷害了我的自尊才這麼說的！」因爲，她顯然沒聽過這首歌，卻裝做很熟悉的樣子。

「她怎麼能體會出這首歌對我的意義呢？這裡面有我的感情，能使我傷心落淚呢！她能了解一個男人內心深處的憂愁嗎？既然如此，我只有把她當做一塊純粹的肉體來欣賞了！」

想到這裡，他才發現這塊肉體有多纖巧、動人！

房子在紅衣裳外罩上黑絹花邊衫，再配上一條白紗腰帶，在夕陽中更顯得冰肌玉膚，明媚動人。從黑絹衫花邊透出來的猩紅，更將女性特有的柔媚，襯托得別有韻味，連周圍的空氣也隨著溫柔起來。她是龍二所見過最高貴、最優雅的女人。

當她轉動身子時，遠處一盞水銀燈的光線將她身上的衣服映得忽紅忽紫，變幻的色彩讓他聯想到女人身體內悄然呼吸的神秘生命，微風飄來了夾著汗水的香水味，彷彿不斷地對他喊著……死亡！死亡！死亡！她的纖纖玉指不經意地動了動，龍二卻好像看到一把火在燃燒。

多麼動人的鼻！多麼誘人的紅唇！他像一個經過了長久思考才落下棋子的通弈者，將房子所有美麗的部位逐一挑出來，置在幽暗中細細品味。

房子的眼神很冷，一種泰然自若、帶著淫蕩意味的冷。她好像對世界的一切漠不關心，卻暗中透出一股强烈的好奇……就是這種漫不經心的眼神，使他在約定飯局後糾結著他徹夜難眠。

那是何等香艷的肩啊！有如一道海岸線之逶迤，從像岬角的頸部開始深入海中，不知終始，且含威不屈，連身上穿的絹料衣服，也忍不住要悄然滑落。

「那對乳房如果握在我手裡」龍二不禁幻想著，「感覺到它在出汗以及它的重量，該是何等美妙的滋味呢？我好像要對這個女人的肉體負責，因爲，它的一切是如此美好，最適合我來愛撫。她在我身邊簡直讓我幸福得快瘋狂，就像風把樹葉吹落一樣，我的戰慄將會傳到她身上，讓她也瘋狂！」

一個奇妙又近乎荒唐的念頭，突然閃進他的腦海裡，他想起了船長說過的一個故事。有一次，船長到了義大利的威尼斯，當時正是漲潮的時候，他看到一座美麗的小宮殿，一樓大理石的地板完全浸泡在水裡，美得令人驚訝。

他差點衝口而出：妳是座浸水的美麗小宮殿。……

「再說點別的嘛！」

房子忽然開口催他說話。

龍二知道，此時說什麼都是多餘的，只要尋找她的紅唇就可以了。彼此的雙唇一旦相接，在潤濕的嘴唇與熱情的動作中，每一次的接觸與摩擦，都會滋生許多奇妙的差異，隨著不同的角度，照亮雙方內心深處的秘密，將每一個柔美的感覺，變成下一個動作的起點。龍二粗糙的手掌，終於撫到夢中的香肩，並且比夢中的感受更如夢似幻。

房子細長濃密的睫毛垂下來，彷彿昆蟲收回的翅膀。龍二覺得這是一生中最幸福的時刻，幾乎要爲之狂亂。他原以爲房子口中吐露的芬芳氣息，是來自她的胸部，而今方知爲非。那種熱、那種香，分明是從她體內最深處昇湧而出，而產生那種氣息的燃料，卻很明顯地不復原貌。

他們互相愛撫對方，如同一對身上著火的野獸，爲了消滅身上的烈火，遂焦慮而笨拙地彼此廝磨。房子的唇愈來愈滑潤，龍二心想就此死去也算值得！他們彼此水乳交融，分不出你我，只有當冰冷的鼻尖偶而接觸時，才忽然想起他們原來是二個獨立存在的個體。……

「今晚到我家過夜好嗎?那邊那個屋頂就是我家。」

房子指著一座高聳在公園樹枝外圍的屋頂說道。龍二已經記不得他們纏綿了多久之後，房子才提出這個意見。

他們站起來，回頭望望周遭的環境。龍二把船員帽戴回頭上，擁著房子的肩膀。公園裡已四下悄然，沒有半個人影，瑪林鐵塔上紅綠色的旋轉燈四處迴轉，依次照射過公園裡空空蕩蕩的石椅、噴泉、花叢、白石階。

他習慣性地看看錶，藉著公園路燈的光，知道剛過了十點。在船上，再過二個小時就值大夜班了。

龍二被酷烈的陽光曬得有點受不了，太陽已經偏西，但他後腦仍一片灼熱。

剛才回船上換過衣服，改穿短袖襯衫，帽子也丟在船上，沒有戴出來。大副准許他兩天不用值班，另派一位三副代替他。但是，到下一個港口，由龍二替三副值班兩天，這是交換條件。爲了晚上跟房子約會，他帶了便裝外套和領帶，不過，天氣實在太熱，短袖襯衫已經被汗水濕透了。

他看看手錶，現在才四點，離約會的時間還有兩個小時。他們約在元町附近的一家咖啡店見面，房子說那裡有彩色電視可供他打發時間。可是，這個時段似乎沒什麼節目能吸引他在電視機前坐上一、兩個小時。

他走到公園的欄杆前，依靠在欄杆上，遠眺港灣景色。跟他剛來時一比較，倉庫街三角屋頂的影子，現在延長到海埔新生地上，已經長多了。遠處有兩、三艘遊艇，揚著白色帆影歸來。

海上的雲層還不算厚，看樣子傍晚不會下雨。在西斜陽光的映射下，這些積雲如同一塊純白細緻而又緊張的肌肉，其上筋肉明晰，彷彿一塊彫刻品。

龍二忽然童心大起，轉身往廣場角落的飲水器走過去。飲水器周圍的花圃上栽植了許多大理花、瑪格麗特白菊、美人蕉等花卉，朵朵被太陽曬得垂頭喪氣。他想起了孩提時代的惡作劇，於是用手指壓住飲水機的噴水口，讓激射而出的水柱，向花朵噴過去，強勁的水勢噴得花朵七零八落，葉子也東倒西歪。在氤氳的水霧中，出現了一道小彩虹。

他也不管襯衫是否會被水濺濕，這次讓水柱噴向自己的頭髮、臉和喉嚨，水花四濺，他也玩得很開心。水從喉嚨流到胸部，又流到腹部，每一條流過胸部的水，都引起一陣沁涼的快感。龍二像狗一樣地甩動身體，甩掉身上的水珠，然後就穿著濕漉漉的襯衫，拿起上衣，走向公園出口處，他想，天氣這麼熱，稍微走動一下衣服就會曬乾了。

走出公園，迎面是一棟棟有圍牆的屋子，整齊肅靜地排列著，讓他有種奇怪的感覺。長久以來，陸地生活的形態一直給他抽象、不眞實的感受。就像他偶而經過廚房門口，望見各種擦拭得很乾淨的鍋子擺在那兒一樣，總覺得缺少了具體性。……而他的情慾、他的肉體接觸也是抽象的，隨著時光流轉，這些感覺、形象一一化爲回憶，宛如海水經由夏日艷陽照射而結晶的鹽粒一樣，腦海裡的回憶，也都有著最純粹的成分。

「今晚，又要和房子共度良宵！在這休假的最後一夜，恐怕我會興奮得睡不著吧！明天傍晚就要出航。再也沒有另一個夜晚了。以後，我只要回想起這兩個美好的夜晚，就會被它的狂熱蒸發掉！」

天氣熱得他昏頭昏腦，邊走邊回味著每一個美妙的時刻，不禁意亂情迷，忘了自己正走在大馬路上，差點被一輛上坡的大型進口轎車撞上。

此時，龍二看到坡下的小巷裡有一羣少年跑出來，其中一個看到龍二時突然停下腳步，原來是阿登。

龍二看見他的臉孔板起來，短褲下的小膝蓋也猛然挺直，一副緊張的神態。今天早上，房子曾說過：

「阿登好像對我們的事有點感覺……。」

想到這句話時，龍二忽然覺得自己有點不自在，心想可不能在小孩子面前出醜，立刻誇張地大笑：

「啊！眞巧！游泳還不錯吧？」

少年不回答，反而睜大眼睛，以漠然的眼光打量龍二身上的濕襯衫。

「怎麼……全身都濕了，爲什麼？」

「這個呀！」龍二又發出不必要的笑聲，「在那個公園裡玩噴水，所以淋濕了！」

第五章

阿登沒想到會在這裡碰到龍二，如果他把這件事告訴母親，該怎麼辦呢？他今天並沒有去鎌倉游泳，而且「首領」現在正和他們走在一起。還好龍二根本無法分辨出誰是「首領」。

今天早上，他們帶著飯盒到神奈川區的山內碼頭去，在倉庫後頭的鐵道附近遊蕩了一會兒，然後，跟往常一樣舉行會議，討論人類無用論，以及生命無意義等問題。他們喜歡選擇這一類不是很隱秘、隨時會有干擾侵入的地點做爲開會場所。

首領、一號、二號、三號（也就是阿登）、四號、五號，他們六個人都長得瘦弱矮小，在學校的功課都很好，老師經常誇獎他們，還鼓勵其他同學以他們爲榜樣。

這個會議場地是二號找到的，首領和其他夥伴都很滿意。此地位於山內市營一號貨倉後面，一丈多高的野菊沿著銹廢的鐵道兩旁開放，鐵軌上滿是銹斑，轉轍器也是一樣，廢棄的舊輪胎到處亂丟，顯然火車已經很久不走這條鐵道了。

倉庫管理處前有個小庭院，美人蕉正在陽光下燃燒紅艷的花朵，可惜夏日所剩無幾，紅花也將化爲灰燼。少年們認爲既然看得見院子裡的花朵，可見管理處的守衛也能看見這裡。爲了避免守衛發現，於是，他們就背向紅焰，往專用鐵道的最深處走去。

鐵道盡頭是一座以黑色大門深掩的倉庫。附近堆積了許多紅、黃、棕等不同顏色的汽油桶。他們終於在這兒找到了一塊小草地，大家很滿意地坐下來。酷熱的太陽已經昇上倉庫屋頂，但是他們圍坐的地方正在陰影部分，所以不會受到日曬。

「就是那個傢伙，體格很棒，渾身濕淋淋地，好像從海裡爬出來的怪獸！昨天晚上，他就跟我媽媽睡在一起。」

阿登興奮地將昨晚所見的情景，巨細靡遺地描述給同伴們聽。大家雖然努力裝做無動於衷的樣子，其實一個個豎直了耳朵，聚精會神地聽著。阿登感到非常得意。

「他就是你心目中的英雄？」聽完阿登的描述，首領撇撇薄薄的紅唇說，「英雄？這個世界上根本就沒有英雄的存在。」

「不，他一定可以辦得到。」

「可以什麼？」

「可以做出一番驚天動地的事情。」

「笨蛋！那種男人能做什麼？他只不過看上了你媽的財產，在打她的主意。等到你媽媽沒有利用價值時，他就會說聲再見，一走了之。」

「即使如此，也算做了點事。至少，我們就做不出來。」

「你別把人類想得太美！」十三歲的首領露出首領的架勢說道，「如果是我們做不出來的事，大人們更別想做到。這個世界已經被『不可能』的巨大封條給封鎖了。別忘了！到最後，只有我們才能扯掉那道封條。」

大家心懷敬畏地聽完首領的意見，沒人敢吭聲。

「喂，你老爸……」首領這次是對著二號說，「還是不買空氣槍給你嗎？」

「唉，看來是沒希望了！」

二號抱著膝蓋，自我安慰似地回答著。

「是拿危險做爲拒絕的理由嗎？」

「嗯。」

「哈！」首領白皙的臉頰上出現了極深的酒窩，「他們根本就不懂危險的定義。他們所認爲的危險，就是世界中的實體被傷害，只是一件小小的流血事件，一些報紙就大書特書地傳佈他們所認定的危險。其實，那算得了什麼危險？眞正的危險，除了生存本身之外，別無他物。生存是一種存在的混亂，它在每一瞬間將存在的事物分解，讓那些事物變回無秩序的狀態。再以這種不安爲釣餌，將存在的事物重新組織，這眞是一件相當棘手的事情，天底下還有比這個更危險的工作嗎？存在本身並沒有不安的成分，它是由生存製造出來的。社會這個名堂本來就毫無意義，如同男女共浴的羅馬式大澡堂一樣，混亂無聊。而學校就是社會的雛型。……我們不斷接受命令，接受一羣睜眼瞎子的命令！那一撮人把我們無限的潛力破壞殆盡！」

「可是，海呢？」三號的阿登堅持自己的想法。「還有，船呢？昨天晚上，我確實捕捉到你所說的世界的內在聯繫啊！」

「海嘛，我們可以多給它一些寬容。」首領深深地吸了一口來自海上的風，「海的確是少數值得特別寬容的事物之一，它可以獲得特別待遇。至於船呢？在我看來，它和汽車有什麼不同？」

「你不懂。」

「喔！」首領新月型的眉間出現了自尊心受創的表情。他的眉毛整齊得如同描畫的一般，因爲，不管他如何抗議，理髮師每次都把他的額頭和眉間刮得一乾二淨。

「喔！……你是說，這世上還有我未解之事？是誰給你這種想像的權利？」

「該吃午飯了吧！」

最溫順的五號提議。

於是，少年們把飯盒放在膝蓋上打開來吃，突然，飯盒上出現一道黑影，阿登一驚，慌忙抬頭張望，原來是個老管理員，穿著一件骯髒不堪的卡其布上衣，手肘橫靠在圓桶上，好奇地往這邊看。

「喲，少爺們，怎麼跑到這種地方午餐呢？」

首領十分沈著冷靜，露出了優等生慣有的無邪笑容說：

「這裡不准人家來嗎？我們來看船，中午太陽大，我們找個陰涼處吃午餐。」

「當然可以來，不過，要離開的時候，別忘了把飯盒收拾好帶走。」

「好。」

這羣孩子露出了天真的笑容。

「我們打算連盒子都吃掉，什麼也不留。」

倉庫管理員駝著背，沿著鐵道遠去後，四號吐了吐舌頭，說道：

「老好人一個！喜歡孩子，對孩子特別寬大的人也不少！」

——六個人把飯盒裡的三明治、小保溫瓶裡的冰紅茶，以及其他各種吃的都拿出來互相分享著。幾隻麻雀從鐵軌邊飛過來，停在他們圍坐的附近。只是這幾個少年平素便以凶狠爲傲，所以沒有一個人願意表現慈悲心，丟一粒米飯給麻雀吃。

他們都是「好家庭」出身的孩子，飯盒裡的菜都相當豐富，比較之下，阿登不禁爲自己簡單的三明治感到羞恥。少年們穿著短褲或牛仔褲盤腿而坐，首領狠吞虎嚥地扒著飯，細細的喉嚨不堪其苦似地上下顫動。

天氣相當炎熱。太陽已經爬到倉庫正上方，淺淺的簷影只能勉強遮住他們。

阿登的母親經常罵他，叫他吃飯時要細嚼慢嚥，可是，不管麵包烤得多硬，他照樣能兩三口吞下去。他一邊啃著太陽照耀下的麵包，一邊回想昨夜見到的那幅完美的圖畫。那絕對是黑夜裡所出現的藍天。首領斷言地球上沒有新鮮事，走到那裡都一樣。但是，阿登仍然相信深入熱帶地區探險的話，必定能發現神奇的事物。再者，他相信在某個港口，必能找到喧嘩熱鬧、五光十色的市場，彼處有黑人，以健壯黝黑的手捧著香蕉、鸚鵡之類的東西叫賣。

「你不專心吃東西在想些什麼?小孩子的壞習慣！」

首領冷笑著諷刺他，阿登被識破心事，一時窘得說不出話來。

「我們正在訓練自己拋去感情，我大可不必爲這點小事生氣。」

如此一想，阿登馬上心平氣和。

就連昨夜看見的事，也不足以讓首領大驚小怪，因爲，他平日已經吸收了不少性知識。爲了讓他們能坦然面對這些事情，首領也煞費苦心，不知從那裡蒐集了許多玩意兒供他們參考。他拿了一些做愛姿勢及愛撫動作的照片給他們看，並且做了詳細的說明，懇切地教導他們，讓大家明白這件事本身是毫無意義的。

一般說來，傳授這一類知識的人，應該是班上特別早熟、發育良好的少年。唯獨首領智慧型的作風比較特別。他主張人類的生殖器是爲了與銀河系的宇宙結合而存在，而那些根植於白嫩肌膚深處，强靭而濃密的體毛，則是强姦時要愛撫含羞的星屑才長出來的。……他們都對這種神聖的奇異幻想深信不疑。因此，他們輕視其他同齡少年對性充滿好奇的態度，在他們看來，那都是愚笨、骯髒的，而且令人不屑的行爲。

「吃過飯後」首領說，「來我家吧！上次說的那些東西，都準備好了。」

「貓呢？」

「現在開始找啊！」

首領家就在阿登家附近，因此，大家又得搭電車往回走。但是，這羣孩子對這種煩人而無意義的行程，却顯得興致勃勃。

首領的雙親經常不在家，一座大屋子裡，老是空空洞洞沒半個人影。首領獨自一個人在家，只有看書消遣，才十三歲，就已經把家裡所有的書都看遍了。他說過，不管哪一本書，只要讓他看一眼書皮，就知道裡面的內容。

他對世界所具有的空虛觀念，或許是由這種空蕩蕩的家庭培養出來的。他的行動完全自由，可以自由出入。家裡的每一個房間都整理得有條不紊，只是房子太大，所以阿登在首領家時，一個人上廁所都會害怕。汽笛聲響起時，聲音就悠悠蕩蕩地飄滿每個角落，把空虛從這個房間傳到那個房間。

首領帶領大家到他父親的書房裡，坐在摩洛哥製的精美皮沙發椅上，拿起鋼筆煞有其事地沾墨水，把討論的議題寫在印有英文字首的銅版紙便箋上，交給他們傳閱。如果寫錯了，就把精緻的便箋紙一揉，毫不吝惜地丟進垃圾桶裡。有一次，阿登問他：

「你這樣做不會挨罵嗎？」

首領只是報以無言的冷笑。

——他們最喜歡的，正是後院那間五坪左右的儲藏室，一進去就可以看到雜七雜八堆放的木工工具、舊酒瓶、舊的外國雜誌、和一些不用的舊傢俱。其他只有兩、三根木材橫在地上。地面是陰濕的泥土地，沒有舖裝木板，只要一坐下來屁股就有濕冷的感覺。

他們花了一個多小時，終於找到一隻叫聲微弱的棄貓。一身雜色皮毛，眼珠子呈暗灰色，小得可以放在手掌上。

爲了抓貓，少年們熱出一身汗，都裸著上身，跑到水龍頭下沖水，貓則輪流看管。阿登把貓貼在自己濕漉漉的胸前，感覺到小貓溫熱、鮮活的心臟在跳動。那種生命的躍動，彷彿夏日艷陽的一切精髓都集中在此處。

「怎麼解決？」

「那邊有木材，只要往木材上摔幾下不就了結了?簡單得很，三號，下手吧！」

首領下令。

阿登一向自認他的心腸比北極的冰山更爲冷酷，今天正是面臨考驗的時候。雖然剛剛才沖過水，汗水卻依然涔涔而下。阿登感到殺氣如同晨間的海風，可以刺穿人的胸膛。而他的胸膛已變成鐵製晾衣架，上面掛滿了許多白襯衫隨風飄蕩。此時的阿登等於已經動手殺了貓，因為，他已斬斷了人世間一切無止際的禁制鎖鏈。

阿登抓住貓的脖子，站起來，小貓並沒有叫，溫順地垂下了四肢。

他反省了一下，看看自己是否產生了憐憫之心，還好，那種感覺只是一閃而過，快得像特快車上掠過窗戶的燈火。

首領老早即主張，以某些必要的行為來塡補世界的空洞。就像破碎的鏡子無法再使其恢復完整一樣，除了扼殺之外，沒有任何東西可用以塡補世界的空洞。因為如此才能把握存在的實權。

阿登把小貓舉得老高，往木材上奮力摔去。存在於手指間那溫暖柔軟的東西，便如此凌空飛去，但是，指間還殘留著貓毛的柔觸感。

「還沒死，再來一次！」

首領說著。五個少年站在陰暗的儲藏室裡，裸著上身，睁亮眼睛注視著。

阿登再度抓起小貓，此時貓已經不再是貓了。一股強大的力量充塞在他的指間，隨著眼前呈現出一道明快的軌跡，他知道只要向著木材摔過去就可以。他發覺那舉動讓自己變得很強大，像個頂天立地的大男人。第二次摔出去時，小貓只發出一聲短促深沈的哀鳴。——牠從木材上反彈回來，後肢在空中緩緩畫了一大圈，然後落在地面上，自此悄然無聲。木材上血漬斑斑，竟然使他們感到滿足和幸福。

阿登走過去，像窺視一口深井似的，想像著小貓已陷入死亡的深淵。他的臉慢慢地靠近貓屍，心境上是勇敢而冷靜，甚至於帶有幾分親切的。小貓已靜止不動，暗紅的血從口、鼻流出來，舌頭一陣痙攣後，便貼在上顎，一動也不動了。

「喂，大家都過來，輪到我了。」

首領不知何時已戴上了橡膠手套，拿著發亮的剪刀，俯身望著貓屍，陰冷而凌厲的剪刀閃著知性的光芒，在陰暗的舊家具與雜誌堆裡顯得格外光亮。阿登突然覺得，沒有比剪刀這種凶器更適合於首領了。

首領一手抓住貓脖子，剪刀刀尖自胸口刺進去，一直剪到喉嚨部分，再用手將貓皮往左右掀開。好像剝筍一樣，大家都看到了剝開後白嫩的地方。小貓躺在那裡，優雅的頭顱垂下來，彷彿戴著一副假面具。

表面上看是貓，其實，那只是披上貓皮的一個生命。

身體內部……，那光滑而毫無表情的內部，與阿登他們是否有著共通性呢?他覺得小貓白皙、沈靜的內裏，宛如一處水面，而他們黝黑錯雜、猶有生命的內在，則像艘臨水的船隻，只有在船影落於水面時，他們和貓，更正確地說，是他們和一隻曾經是貓的東西始能緊密地結合在一起。

貓的內部漸漸地暴露出來，呈現出半透明眞珠母般的美麗，一點也不噁心。肋骨也隱約可見，透過大網膜，小腸正在溫暖的家裡蠕動著。

「怎麼樣？太裸露了吧！這麼裸露，好像太不懂禮貌，不是嗎？」

首領一邊說，一邊用戴著手套的手掀開貓皮。

「眞的太暴露了一點。」

二號附和地加上一句。

阿登看著小貓裸露全身與世界接觸的樣子，想起了昨晚見到母親和一個男人裸露的姿態。不過，一比較之下，昨晚看到的還不算非常裸露，因爲，他們之間還有一層皮膚隔離著。還有，那偉大的一聲汽笛，汽笛聲所描繪出來的廣大世界，也比不上眼前的事物如此直接地震撼心靈。……透過剝了皮的貓內臟的律動，能更進一步地接近世界核心。

現在要開始做什麼呢？臭味愈來愈濃，阿登把手帕揉成一團掩住鼻子，用口呼吸。

至今幾乎都沒有流出血來。首領用剪刀剪開一層薄皮，暗紅的肝臟立刻映入眼中。然後他把潔白的小腸抽出來，一股熱氣立刻隨著橡膠手套升起。接著，他將小腸剪成一小段一小段，擠出檸檬色的汁液。

「哇！感覺上好像在剪法蘭絲絨！」

阿登恍恍惚惚地看著每一個步驟。小貓的瞳孔發紫而浮現了白斑，嘴裡積著凝結的血液，扭曲在牙縫間的舌頭。……都清清楚楚地擺在眼前。

現在，他又聽到了被油脂染黃的剪刀喀喀剪開肋骨的聲音。首領把手伸進去，掏出了一顆小小的心囊，再把可愛的橢圓形心臟摘下來，詳細地觀察上面的血漬。血沿著他的橡膠手套迅速地滴下來。

這裡到底發生了什麼事？阿登耐著性子看完全部過程，但心神卻彷彿在夢幻般飄蕩。那些散亂尚有微溫的內臟、積留著血液的腹腔，失去意識的貓體，這一切若恢復原狀，會變成什麼模樣？或許阿登多感的心不覺已陶醉在夢幻中。垂在身旁的肝臟，將變成溫柔的半島；被壓扁的心臟要變成一顆小太陽；被拖出來軟軟繞成一圈的小腸，變成白色環狀的珊瑚礁；而腹腔內的血，應該就是熱帶溫暖的海水。到時候，因爲貓的死亡，反而造就了一個完美的世界。

「我殺了貓！」阿登在茫茫然中，幻想著遠方伸出了一隻手，頒給他一張純白的獎狀。「任何殘忍的事我都做得到！」

首領完成儀式似的脫下了手套，雪白而優雅的手搭在阿登肩上。

「嗯，幹得好，此後你就算成人了！……可是，剛才你看到血時，似乎還有點不自在，對不對！」

第六章

大家把貓埋好後，剛走出首領家就碰見龍二，雖然手已經洗得乾乾淨淨，但是血滴是否濺到衣服或身體的某個地方呢？身上還有貓屍的臭味嗎？阿登像一個剛犯法的人碰到了熟人，心虛得害怕自己的眼神流露出不安。

而且這個時候，他根本就不該在這條小路出現的，萬一龍二告訴母親就糟了！他應該和別的朋友到鎌倉去才對啊！

阿登在驚慌之餘，不禁大感懊惱，於是決定把這一切賬都記到龍二頭上。

同伴們未與他打招呼即各自散去。只留下阿登和龍二，拖著午後四點的長長身影，對立於人車俱寂的馬路上。

阿登羞愧得恨不得死掉。本來他想找個適當的時機，從容地把龍二介紹給首領。如果能順利成功地完成介紹，首領就不得不承認龍二是個英雄，這樣一來，阿登也會覺得有面子。

然而，他們卻在這種情況下相遇。二副穿著濕淋淋的短袖襯衫已經夠丟人了，竟然又對阿登裝模作樣地諂笑。那種笑實在不必要，不但把阿登貶爲一無所知的小孩，連龍二本身也變成了「愛小孩的大人」。他那過於開朗、誇大的笑容，完全多餘而又荒謬！更嚴重的是，龍二問了句不該問的話：

「啊！眞巧，游泳還不錯吧？」

當阿登反問他襯衫爲何弄濕時，他應該這樣回答：

「啊！這個嘛，我剛從海邊救起一個投水自殺的女人。這種來不及脫衣服的游泳，已經是第三次囉！」

龍二不但沒有這樣回答，還說出世界上最蠢的話。

「我剛剛在公園裡玩噴水，所以淋濕了。」

邊說還邊裝出不必要的笑容！

「這個男人想討好我。只要讓新女友的兒子對他產生好感，他就方便多了。」

有了這種想法，阿登安心不少。

——兩人不約而同地往回家的方向走去。龍二還有二個小時的空檔，就當阿登是消遣的夥伴，隨著少年的步伐前進。

「喂，我們兩個那裡不對勁呢？」

龍二邊走邊問。阿登最討厭這種敏感的話題，不過，也因爲有此一問，反而使他把擱在心裡的話順利地說了出來。

「不要告訴媽媽，說你在那條路上遇見我。」

「好。」

龍二笑著點點頭允諾，他很樂意接受保守祕密之託。阿登看了反而不高興，寧願龍二擺出一副恐嚇的態度，或許對他印象還好些。

「我應該像是從海邊回來才對，等我一下。」

阿登跑向整修道路時堆在路邊的砂堆，脫下運動鞋，在小腿和腳丫子上灑些砂粒。龍二初次發現這個看來一本正經的少年，事實上富有動物般的敏捷。阿登下意識知道龍二正在注視他，於是表現得更誇張，連膝蓋上也灑滿泥砂，然後爲了防止泥砂掉落，才小心翼翼地穿好鞋子。

「你看，這些砂的形狀像不像雲形規尺？」

他伸出流汗的腿展示一下，安穩地邁步向前。

「上那兒去？」

「當然是回家囉，塚崎先生也一起來吧？客廳裡有冷氣比較涼快。」

——他們在門窗緊閉的客廳裡開了冷氣，龍二一躺進有花冠裝飾的籐椅裡！女管家趕阿登到浴室裏洗腳，他洗好後跑到窗邊籐製的長椅上横臥著。

端著飲料過來的女管家看見了，又罵道：

「在客人面前像什麼話，眞不懂禮貌，等你媽媽回來後要告訴她！」

阿登趕緊使個眼色，向龍二求救。

「沒關係，沒關係，他今天去游泳，大概太累了。」

「是嗎？還是太……」

女管家對龍二似乎沒什麼好感，罵罵阿登只是故意做個樣子罷了。所以話還沒說完，就一副不情願的樣子，扭著大屁股牛步地走出去。龍二的及時相救，使他和阿登之間產生了默契。阿登一口就把澄黃的果汁喝光，喝得太急，都流到喉嚨上了。然後，眼中含著笑意地望著龍二。

「談到船，我可是無所不知喔！」

「是啊！你算是專家了。」

「我不喜歡聽奉承話。」

少年坐在母親刺繡的坐墊上，猛然抬起頭來，露出狂野的眼光。

「塚崎先生，你是什麼時間值班？」

「白天、晚上都是從十二點輪值到四點。所以，船上的人都笑二副是值『小偷班』。」

「小偷班！哇，眞有趣！」

這一回，少年笑得腰都直不起來。

「幾個人一起值班？」

「一個值班幹部和一名操舵手。」

「在海上遇到暴風雨時，船會傾斜到什麼程度？」

「情況劇烈的話，會傾斜到三十度至四十度之間。四十度的陡坡感覺上好像在爬牆。碰到那種情況，眞嚇人……。」

龍二想找些適當的形容詞，而把視線投向遠方。阿登從他眼裡彷彿看見了風暴在海上掀起淘天巨浪，不禁恍恍惚惚地，有點暈船的感覺。

「塚崎先生，你的船是不定期船吧？」

「嗯。」

龍二感到自尊心受傷，回答有點勉强。

「你們也做三國間運輸，是嗎？」

「噢！你懂得不少嘛！不錯，我們偶而會從澳洲運小麥到英國去。」

阿登的問題接踵而至，話題也不斷改變。

「那麼，菲律賓的輸出大宗是什麼？」

「柳安木。」

「馬來西亞呢？」

「是鐵礦。好，現在換我發問，古巴的輸出大宗是什麼？」

「我當然知道，是砂糖。你可別當我是傻瓜！……塚崎先生，你去過西印度羣島嗎？」

「去過，不過只去了一次。」

「有沒有順便到大溪地？」

「有。」

「很好。那邊有些什麼樣的樹？」

「樹？」

「對，就是樹。例如馬路兩旁所種的樹……」

「啊，你說那些樹嗎？有椰子樹，在山上大多數是火焰樹，還有合歡樹。火焰樹是不是和合歡樹長的很像呢？我已經不太記得了。總之，開的花很像火焰，尤其是驟雨來臨之前，天空烏雲密佈，那火焰花就像在燃燒中的烈火。其他地方，我從沒看過那種花。」

龍二想要訴說他對孔雀椰子樹那分說不出理由的喜愛，但是，他不知道該如何向一個孩子說出這種情感，只好就此打住。當他閉上嘴時，腦海中卻浮起了波斯灣上世界末日般的夕陽紅霞；站在起錨機旁，那拂過臉頰的輕柔海風；颱風將來前，面對著晴雨計下降的指針，心中產生的焦慮、不安。……航海時所遇見的各種景象，以及時時刻刻影響情緒的點點滴滴，以及夢魘般海的魅力，又在腦中激盪著。

像剛才一樣，阿登現在從龍二的眼神中，捕捉那些浮現腦海中的幻影。由於對未知風土的憧憬，他夢想著自己就在白漆寫成的航海術語的包圍下，和龍二一起遨遊於遙遠的墨西哥灣、印度洋、波斯灣等地。藉眼前這位眞正的、實在的二副，使得他的幻想更爲開闊。這正是阿登夢寐以求的，經由一位眞實的媒體來完成他的幻想。

阿登陶醉在幸福中，一動也不動地閉著眼睛。

「這小傢伙睡著了。」

龍二正興起這個念頭時，阿登就睜開眼睛。他再度確定二副的存在，心中不禁充滿喜悅。

二噸的冷氣機發出些微馬達聲的房間，已經十分涼快了。龍二的襯衫也乾了，他把粗壯的雙手放在後腦上交叉，指頭尖摸到了籐椅細緻、起伏的稜線，以及冰涼的質感。

剛才阿登閉上眼睛的那一瞬間，這位二副也眞實地從自我中脫離出來。他環顧了這個涼快而微暗的客廳，金色時鐘端坐在壁爐架上，天花板上垂吊著雕花玻璃美術燈，細長的玉花瓶高高地站在架子上，這些精緻的擺設各自靜立，它們究竟根據什麼微妙的原理，竟然能夠在客廳裡屹立不搖呢？

到昨天爲止，這些東西和他毫無關聯，而明天，他又將與它們揮手告別。與此景此物之所以結緣，是得自於和那個女人刹那間的心神交會，以及在肉體深處流洩出的男人記號。這種屬於男性獨特的魅力，就像一艘在海上相遇的陌生船隻般充滿神祕感。然而，他肉體所造成的狀況是否能具有永恆性呢？想到這裡，他不禁爲眼前的非現實性感到戰慄。

「我爲什麼會在一個夏日的午後跑到這裡來呢？和昨夜發生關係的女人的兒子，以及呆坐著發愣的我，到底是個怎麼樣的人呢？昨日之前，我還高唱著『我是眞正的海上男兒』，爲那首歌而落淚。那種感性的眼淚和銀行裡的二百萬存款，不也證實了我的現實性，提醒我是屬於海洋的嗎？」

阿登固然未發覺龍二已經不再注視他，更不曉得龍二正沈溺在空虛的想像裡。

他昨夜沒睡好，再加上白天連續的衝擊，已經非常疲憊。他騙女管家說是因爲到海邊去玩，才使得兩眼發紅。如今，那雙眼睛完全睜不開了，迷迷糊糊地進入夢鄉。恍惚間好像走入一個牢不可破，令人爲之氣悶的不毛世界，在那個世界裡不斷地反芻昨夜的種種。

那種種光景，好像在平坦灰暗的織物上，出現了幾絡金色的刺繡般醒目。……在月光下，裸身的二副扭動肩膀，望著汽笛聲來處。……露著牙齒，面無表情的死貓和那顆紅紅的心臟，。……這些情景是那般的眞實、耀眼，全是絕對純粹的眞實事物……這麼一來，龍二也是眞實的英雄。這些全部發生在海上，或者在海的內部……他意識自己正慢慢地沈溺到夢鄉裡。他想，我的幸福，無法形容的幸福。……

——少年終於睡著了。

龍二看看錶，是該走的時刻了。他走到廚房前，輕輕地敲門，把女管家叫出來。

「孩子睡著了。」

「哼，他總是這樣。」

「最好給他一條毛毯什麼的……，免得著涼。」

「好，我馬上去拿。」

「我要走了。」

「晚上再回來嗎？」

這位上了年紀的女管家，厚厚的眼皮下露出笑意，瞄了龍二一眼。

第七章

不管是否出自肺腑，自古以來，所有的女人都對船員們說著同樣一句話。那句話承認了水平線的權威，也表示了對那碧藍不可解的一線之崇拜。同時，也使所有高貴矜持的女性，淪於妓女般的寂寞與空虛的等待中，那就是：

「明天我們就要分手了。」

房子心想，有什麼辦法，能夠不說出那句話？

不過，房子也了解龍二等著她說這句話。他是個單純而驕傲的男人，女人爲別離而流下的眼淚，代表他的榮耀。他實在是個非常單純的男人！昨夜在公園聊天時，她就明白了這一點。看他滿懷心事的神態，原以爲他會表達一些有深度的思想，或是羅曼蒂克的言語，想不到，居然會講到他在船上廚房看見的蔬菜葉子，還有自己坎坷的身世。一整晚，他就有一搭沒一搭地盡說這些話題，最後，還唱起流行歌曲來了。

但是，龍二的心地純樸，不拘於幻想與夢，他就像構造堅實的舊家具般，耐久力勝於想像力。這種予人安全感的特質吸引了房子。長久以來，她極力保護自己，避開任何可能具有危險性的事物。而昨天晚上，她卻做了一項危險的舉動，當然，她必須得到對方相當程度的安全保證。所以，龍二的忠厚樸實，就有誇張的必要了。至少她可以肯定一點，龍二絕不會在經濟上替他帶來任何困擾。

——兩個人原來打算去馬車道吃鐵板牛排，半路經過一家新開張的酒吧，被前院的噴水池和點綴在布蓬上的紅、黃小燈泡所吸引，於是決定先來點飯前酒。

房子叫了一杯冷飲，上面擺著一顆插著竹籤的櫻桃，她靈巧地吃下櫻桃，然後將竹籤與粉紅色櫻桃核一起放進淺底的玻璃煙灰缸裡。

夕陽餘暉投射在小庭院的噴水池上，透過薄薄的窗帘，爲門可羅雀的室內帶來了一些光暈。微弱而又斑爛的色彩，特別引人遐思。望著房子吐出的櫻桃核，由溫潤而逐漸乾燥，更顯出了醉人的桃紅。……在龍二看來別具一番韻味。

他突然伸出手，從玻璃煙灰缸裡拿出桃紅色的櫻桃核，放進自己嘴裡。房子嚇了一跳，接著就笑出來了。在這短短的一瞬間，她感受到肉體關係帶來前所未有的快感。

用完餐後，他們選在行人稀少的常盤町一帶散步，夏夜的醉人情調令人心蕩神馳，彼此勾住對方的手指頭，默默地走著。房子用空出來的另一隻手，輕撫一下頭髮。這是她今天利用下午顧客較少的時間，花了二十分鐘到美容院梳理出來的。平常，房子在頭髮吹好後，都習慣抹些香油。

「不要抹油了。」

當她說完時，看到美容師驚訝的表情，自己都覺得怪不好意思的。在夏夜情調旖旎的街上，房子覺得自己的頭髮、身體都快要融化了。

和房子指頭勾在一起的粗糙手指，明天將消失在水平線的彼方。她簡直不敢相信這會是事實，不！這是謊言！最愚蠢的謊言。

「都是你，害我墮落了！」

走到園藝公司的鐵絲網前，房子突然說道。

「爲什麼？」

龍二一愣，立刻停住腳步。

房子望著鐵絲網內待售的熱帶樹、灌木和薔薇。園藝公司已經打烊了，鐵絲網裡一片幽暗，看到那些錯綜交雜在一起的枝葉，就像突然透視了自己內部般的不自在。

「爲什麼呢？」

龍二再問一次，而房子依然沒有回答。

她本來想埋怨幾句，告訴他，自己原本在此地規規矩矩地立地生根，但是遇見了他後，就像個港口的撈女，過沒幾天快活日子，一下就被男人遺棄。可是，這種話能說嗎？說出來等於是說：

「明天我們就要分手了。」

——但龍二還是龍二，行船的孤獨生活，使他養成凡事不追根究底的習慣。不管怎麼樣，他認爲房子那句話只不過是女人任性時隨口說說罷了，因此，他第二次問「爲什麼」時，便有著輕佻的意味。

一想到明天就要跟這個女人分手了，不禁有些依戀，同時想到了古文裡的一個句子：

「男人赴大義，女人哀別離。」

事實上，這種聯想毫無意義。出海航行與赴大義之間根本扯不上關係，這一點龍二比誰都清楚。在海上，只有日以繼夜的輪班、單調乏味的生活、散文般的散漫，以及囚虜般的禁閉。

然後，就是許多的警告電報：

「最近，伊良湖南方水道與來島海峽入口附近的船隻相繼發生撞船事件。此處水道狹窄，各船進出港灣，請特別小心注意。本公司營運惟艱，不堪任何海難發生，願各位同仁多多努力，提高警覺。　海務部經理」

自從海運不景氣後，這種冗長的電文，必定會加上一句「本公司營運惟艱」這一類的官樣文章。

日復一日，天候、風向、風力、氣壓、海面狀況、溫度、相對濕度、測程儀示度、航速航程、迴轉次數……等等，都要詳詳細細地記載在操舵手的日誌上。航海日誌將海洋變幻莫測的情緒，做了最詳盡的記錄：然而，卻忘了記錄人的心路歷程。

餐廳內放了一個汲水娃娃，牆上開了五個圓窗，還掛著一大張世界地圖。陽光從圓窗透入，形成一個個柱狀，在房間裡搖搖晃晃，眼看它逼近天花板上垂吊下來的醬油瓶，忽然又消失不見。過了一會兒，又再度迫近，眼看著就要吻到黑褐色的液體，又猛然被蕩開。

餐廳牆壁上貼著早餐、中餐等菜單：

味噌湯、茄子豆腐、蘿蔔乾、甘納豆、葱、辣椒。

不管是中餐還是西餐都以濃湯爲首，洋洋灑灑地寫在牆壁的紙上。

輪機室裡那些漆得一身綠油油的引擎，每次都像個嚴重的氣喘病人一樣，渾身顫抖，不停地喘動。

……明天開始，龍二又將投入這樣的生活中。

——他和房子說話的鐵絲網旁正好有一道小門，龍二的肩膀無意中碰到了那道門，於是，沒有上鎖的門被輕輕地向裡面推開。

「啊，可以進去哪！」

房子像個孩子似的，眼睛爲之一亮，高興地說著。兩人一邊看著還有燈光的警衛室，一邊躡手躡足走進枝葉繁茂的人工叢林裡。

他們攜手小心地撥開薔薇帶刺的枝枒，還要避免踐踏到腳下的花草，費了一些工夫，終於穿過這一丈多高的小叢林，到達種滿蘭花、芭蕉、棕櫚、卡那里椰子、鳳凰樹、橡膠樹……等等的熱帶植物區。

站在這裡，望著身穿白色衣裳的房子，竟使龍二產生了宛如在熱帶風物中初次與美女相遇的錯覺。眼前盡是尖細刺人的樹子，兩個人數度挪移身體，才順利地相擁在一起。在蚊子低沈的嗡嗡聲中，房子身上的香水味撲鼻而來。這一切，讓龍二不禁忘記了現實世界，產生了時空上的錯覺。

鐵絲網外有幾支紅色霓虹燈光，好似金魚游水般閃閃爍爍。偶而路經的幾輛腳踏車，微弱的前車燈在叢林中迅速掠過。

馬路對面酒店門口閃爍不停的霓虹燈，透過棕櫚葉隙映在她的臉上，把她雪白的臉頰染得一片嫣紅，又在她的紅唇上抹下一道黑。龍二情不自禁地摟住房子，深深地吻她。

二個人彼此沈湎在自己的感覺裡。房子在長吻中所感受的，是明天的離別感傷。撫著他的臉頰，觸摸至梨皮般的剃痕，再嗅著從男性粗獷胸膛發出的體味，房子覺得這個身體的每一部位都在向她告別。她也明白龍二那衝動有力的擁抱，只為了確定她的存在。

對龍二而言，這種接吻等於是死亡。而他平日想像愛情是完成於死亡的，吻著她那潤滑的雙唇，即使閉上眼睛，他也看得見對方無限潤澤的紅唇，還有那像是在珊瑚礁圍繞的暖海中，飄浮不定的海藻般的舌頭。……這些感覺引來的幽暗恍惚，直通死亡之路，爲了明天的別離，他心中竟然充滿死願。

——就在此時，從新港碼頭方向傳來一聲遙遠的汽笛聲，那感覺如同一陣迷離的聲霧，輕輕擴散開來，然後靜靜瀰漫四周。若非身爲船員，也許就不會注意到那遙遠的呼喚了。

「這個時候竟有貨輪出港！是那家公司的船呢？」

在接吻當中他突然想到這個問題。那一聲汽笛，好像喚醒了藏在他內心裡的「大義」。何謂大義？或許，那只是熱帶太陽的代名詞罷了！

龍二的唇離開了她，低頭在口袋中悄悄摸索，房子卻依然閉著眼睛在等待。在一陣沙沙的紙聲裡，掏出了一支稍爲折彎的香煙。他把菸叼在嘴上，拿出了打火機。房子大怒，搶過他手中的打火機，龍二居然還將香煙湊近打火機。

「才不讓你點火！」

房子說著。接著，鏗的一聲打著了火，一道火舌立刻在她瞳孔裡閃動，她將火舌湊近棕櫚樹，不斷地燒著樹心枯萎的花房，火花斷斷續續地燒著，龍二看到房子的舉動，不禁感到有些害怕。

突然，龍二發現房子臉頰上有道淚痕，幾乎在同時，房子也熄掉了打火機的火。龍二再一次抱緊她，看著她傷心落淚，龍二也不禁潸然淚下。

阿登焦急地等待母親回家。十點左右，電話鈴聲響起，不久，女管家跑到他房裡來。

「妳媽媽說今晚不回來了，明天早上她會回來換衣服，然後直接到店裡去。今天晚上你得自己做功課，你的暑假作業還沒做完吧？」

從他懂事到現在，母親還不曾在外面過夜。他並不爲此吃驚，但是，不安與憤怒卻使他漲得滿臉通紅。他原本打算今晚從抽屜的窺伺中，得到新的奇蹟與啓示，如此一來，希望落空了。

白天他已經睡過午覺，現在一點睡意也沒有。

桌上還堆著一大堆作業，再過幾天就要開學了。等龍二出海後，母親應該會幫他處理一些功課吧！但願她不至於失魂落魄，連兒子的功課都無心理會。事實上，母親也幫不了什麼大忙，頂多在國語、英語、工藝、美術方面幫忙打點，社會科就不太行了，理科與數學更不用說了。其實很奇怪，她數學那麼糟，怎麼會管店裡的帳呢？說不定澀谷經理從中吃錢她也不知道。

一本參考書翻來覆去，看了老半天，就是無法耐起性子來。想到母親和龍二今晚外宿，他就火大。

阿登坐立難安，只好在房間裡踱來踱去。怎麼樣才能使自己睡著呢？不如到母親房裡，去看看夜裡船上桅燈閃爍的景色吧！或許，船上那些紅色的桅燈，會整夜閃爍不停，說不定還會像昨夜那樣，有船在深夜高鳴汽笛，揚帆出海。

這時，阿登聽到母親房門打開的聲音，難道是母親故意打電話回來騙他，卻又和龍二悄悄地回家？他趕緊拉開大抽屜，輕輕地拖出來放在地板上，就這個動作，他已經累出一身汗了。

接著，忽然聽到有人敲他的房門。他立刻慌慌張張地往房門衝過去，不論如何，不能夠讓人看到大抽屜拉開的現場，萬一被抓到，後果不堪設想。因此，他使盡全身的力量頂住門，門上的把手發出可厭的聲音，空轉了兩、三回。

「怎麼啦？不可以進去嗎？」

說話的是女管家的聲音，而非母親。

「怎麼回事？喔！不讓人進去也好，反正快點熄燈睡覺就是了，已經十一點啦！」

阿登只是用力頂著門，不吭一聲。

出乎意料地，忽然傳來鑰匙插入鎖孔的聲音，一陣粗暴的迴轉之後，阿登又被反鎖在房間裡了。看樣子女管家也配有鑰匙，原以為鑰匙被母親帶走了，想不到她多配了一把交給女管家。

阿登氣得額頭冒汗，用盡力氣轉動把手，但是根本打不開！樓梯口傳來女管家的拖鞋聲，聲音漸漸遠去。

阿登原想利用這個千載難逢的機會溜到首領家，在窗外用暗語叫醒首領，如今這希望也落空了。他憎恨全世界的人，於是寫下長篇大論的日記，當然，日記中不會忘了記下龍二的罪狀。

塚崎龍二的罪狀。

第一條：白天碰到我時，露出卑躬諂媚的笑容。

第二條：穿著一身濕淋淋的襯衫，活像個無業游民，還好意思說是在公園裡玩噴水弄濕的。

第三條：擅自與母親外宿，置我於孤單寂寞之境。

寫完後，阿登從頭再看一遍，決定刪除第三條罪狀。因爲第一、二條那種唯美的、理想的、客觀的價值判斷，顯然與第三條的判斷自相矛盾。只要仔細一想就會發現，像第三條這種主觀的判定，只是阿登本身不成熟的證據而已，根本無法構成龍二的罪狀。

餘怒未消的阿登擠了一大堆牙膏，用力刷牙，幾乎把牙齦都刷出血來。滿口淺綠色的泡沫包圍著參差不齊的牙齒，只有可愛的犬齒露出尖端，閃著亮光。望著鏡中的景象，一陣絕望感湧上心頭，而那牙膏的薄荷味，更勾起了滿肚子火。

他脫下襯衫胡亂一丟，換上睡衣時順便環顧一下房間，這才發現足以構成犯罪證據的大抽屜，居然還放在地上。

這次從地上抱起來時，感覺上比剛才要重很多，阿登想到什麼似的，又把它放回地板上。然後，熟練地鑽進大抽屜原先的位置裡。

他看不到小洞穴，心想是否被堵塞了？他趕緊伸手摸一下，還好依然存在，只是隔壁房間沒有燈光，所以他一時看不見。

阿登把眼睛貼近小洞，這下子才明白，是剛才女管家進到母親房間拉上窗帘，才使房間裡一片漆黑。他又仔細凝望了半天，總算看到紐奧艮式黃銅牀微微發亮，顯出了它的輪廓。但是光線相當微弱，眞像生長在黑暗世界中的小小黴菌。

整個房間就像一座巨棺，陰暗、漆黑。白天的餘熱尚未完全消散，使得房中的黑暗變得濃淡有別。阿登覺得，整個房間裡充滿了肉眼不可見的黑色微粒。

第八章

昨夜，兩個人住在山下橋一間小旅館裡。因爲房子在橫濱熟人頗多，住大飯店有所顧忌。房子以前經常路過這家小旅館，是棟四周樹叢積滿塵埃、毫無情趣可言的兩層建築物，玄關就像區公所一樣的呆板，櫃台後面的牆上掛著船運公司的月曆，大殺風景。而那透明的玻璃門，讓過往行人經過門外就可將大廳看得一清二楚。房子做夢也沒想到自己會到這種地方來投宿。

天亮後，他們各自小睡片刻，約好開船之前再碰個面。房子必須回家換衣服到店裡上班，龍二則要代替上街購物的大副值班，監督出海前的貨物裝卸工作。不過對於船貨的清點，以及繩索類的保管，本來就是二副份內的工作。

船決定在下午六點出海。由於停泊期間沒有下雨，所以船貨如期在四個晝夜裡完成裝卸工作。洛陽丸即將按照貨主預定的進度，一路航向巴西的聖多斯港。

房子下午三點就先離開店裡，她想到龍二一旦出海，將會有好長一段時間看不到日本女人所穿的和服，因此特地穿上一件日式的縐綢單衣，帶著一把銀色長柄的洋傘，開門載阿登從家裡出來，朝碼頭出發。路上人車不多，所以在四點十五分車子就已經來到碼頭了。

倉庫牆上用黑色瓷磚排出「市營三號」的字樣，附近停著幾輛吊車和卡車，洛陽丸的起重機仍在上上下下忙個不停，看樣子洛陽丸的裝、卸貨工作還沒有結束。房子心想，乾脆待在有冷氣的車子裡，等龍二工作完畢，下船來找她再說。

阿登可耐不住，他跳下車，跑到充滿活力的高島碼頭，在倉庫前前後後逛來逛去。

倉庫由骯髒不堪的綠色鐵架搭起，內部堆滿嶄新的白木箱，木箱四角包著鐵皮，上面則印著黑色的英文字母。河流的源頭總是讓人充滿幻想，孩子們對鐵路也有種種遐思。可是，當他們發現鐵路的盡頭，竟堆積了如山的貨物時，總不免感到失望。阿登爲著自己站在夢的盡頭而雀躍，同時也因夢想幻滅而有些失望。

「媽媽！媽媽！」

他跑回車邊，猛敲車窗。因爲，他看到龍二站在洛陽丸船頭的起錨機附近。

房子帶著洋傘下車，和阿登站在一起，朝站在高處的龍二揮揮手。龍二穿著沾滿油漬的髒襯衫，斜戴水手帽，舉起手來向他們致意後，便匆忙轉身而去。看見龍二忙碌不堪的樣子，再加上他即將遠航，阿登竟然升起了一股莫名其妙的驕傲感。

在等候龍二時，房子撐開了傘，望著整船的鋼索連接著洛陽丸與碼頭，三條巨大的鋼索把港口景色切割成好幾塊。西斜的落日照得四處一片通紅，哀傷如海風中所包含的鹽分，侵蝕著這一片夕陽殘照。鐵板聲不時響起，一會兒又傳來了投擲鋼索的聲音，在這明朗的天空中與悲傷交織著，迴響的餘韻久久不散。

由於水泥地面的反射作用，熱氣不斷積鬱蒸發，輕微的海風根本起不了絲毫作用。

母子二人蹲在碼頭外側，忍受著強烈的陽光曬著背部，一邊望著一波波的海浪，拍打著碼頭邊佈滿白斑的石階。停在海面上的小船也隨著波浪搖動，一會兒靠攏在一起，一會兒又分開。污濁的水面飄浮著許多木片，其中有一根圓木頭顯得特別光亮，正隨波打轉不已。一隻海鷗輕飛過這些飄浮物。

起伏不停的波浪，一面接受陽光的反射，一面呈現碧藍兩種顏色不斷反覆變幻，令人懷疑那些浪潮是否直接躍入人們眼中。

阿登數著洛陽丸船首標明的吃水線數字，從接近水面的六十開始，逐漸往上升，到八十四至八十六間的吃水線，直到錨穴附近的九十，他都一一唸出聲來。

「吃水眞的會到那麼深嗎?如果到達那個深度的話，豈不是要嚇壞人！」阿登相當明白母親的心事，看她望著海出神的樣子，就像她在臥室裡，裸身獨自對鏡的神情，不過，他故意裝著一副天眞無邪的表情，對母親說出那句話。可是，母親根本沒有回答。

隔著港口的水域，可以望見對面街上冒出淺灰色的煙霧，漆著紅白條紋的瞭望塔聳立天際，海面上滿是白色的桅竿。在遠方的天邊，盤踞著夕陽照射的暮靄。洛陽丸對面，一艘裝滿貨物的小船，正發出「澎！澎」的聲音，緩緩地離去。

——龍二下船時，大約剛過了下午五點。此時，供人上下的舷梯也掛上了銀色鐵鍊，準備隨時吊起。

有一羣戴著黃色安全帽的搬運工人，在龍二之前走下舷梯，搭乘N港務公司的巴士離去。一輛原先停在船邊的港務局八噸重吊車，也跟著開走了。這表示裝卸工作已告結束。不久之後，龍二就出現在他們眼前。

房子和阿登拖著長長的身影迎向前去。龍二伸手壓壓阿登戴在頭上的麥桿帽，看著他被遮住的半張臉開懷大笑。工作之後的龍二顯得開朗多了。

「終於要分別啦！等一下開船時，我會站在船尾。」

他指著洛陽丸的船尾說著。

「我特地穿著和服來。我想，也許你會有好長一段時間看不到穿和服的女人。」

「是呀！除了組團到美國觀光旅行的日本歐巴桑！」

兩人相對，竟然像沒什麼話可說。房子原想傾訴別後的孤獨，不過還是沒有說出口。其實這別離，在三天前於這艘船上初見時，就已存在他們之間。就像雪白的蘋果肉，從咬了一口開始，便逐漸變色，這種早已存在的離情，又有何新鮮可言呢？

說到阿登，表面上裝得好像一個少不更事的孩子，暗地裡卻在監視他們，看看這人物與狀況，會發展到什麼程度。監視是他此行的目的。他希望這段時間愈短愈好，時間愈短，則這種狀況的完美性被破壞的機率也愈低。

龍二，一個即將與愛人揮手告別遠赴地球另一端的男人，就一個船員、一個二副的立場而言，他表現至今，算得上完美。而母親也是如此。對一個被離棄的角色、一個被離愁包圍而只能靠回憶覓得一絲歡樂的女人來講，她的表現也稱得上完美。這兩天，他們雖曾幾度演出失誤，不過，這一瞬間的情況還算過得去。阿登怕龍二在緊要關頭，說出什麼愚蠢的話，所以從帽簷下，不斷地窺視著他們的臉色。

龍二很想和她吻別，卻礙於阿登在場而未行動。他像一個將要死亡的人，對在場的人都一視同仁打著親切的招呼，期望自己早日到達甜美又惱人的自棄境界，使他人的重要性超越自己。

房子則有她自己的感觸。從今以後，多了一分期待對方歸來的心情，但是她還不甘心就此陷入那種困境裡。她僅想貪婪地看著她的男人，想看個飽。他有令人難忘的輪廓，是如此清晰而實在，如果他的輪廓模糊得像一團霧就好了。但眼前這頑固、堅實的物體，要讓它從記憶裡消失是何等困難啊！尤其那性格的兩道濃眉、結實有力的肩膀。……

「記得寫信給我哦！貼一些有趣的郵票啊！」

阿登適時地開口說了這句話。

「好，我每到一個港口都會寄信給你。你也別忘了寫信給我，收信是船員最大的樂趣！」

然後，龍二說他必須回船上做一些出航前的準備工作，於是分別和母子二人握手告別。當他爬到銀色舷梯的頂端時，還回首向他們揮帽。

太陽從倉庫屋頂緩斜過去，西天如被一團火焰包圍。夕陽照在白色船橋的正面，發出耀眼的光輝，標柱和蘑菇型通風筒的影子也映在船橋上。海鷗在海面上翱翔，翅膀正面顯得一片黑暗，只有殘陽照射的腹部，出現了明亮的蛋青色。

洛陽丸四周，該走的車子都開走了，西斜的太陽任意肆虐，使周遭一片寂靜。抬頭望去，高處有一位水手正在擦欄杆，還有一個戴著單眼眼罩的水手，提著油漆桶粉刷窗框，他們的人影也顯得很渺小。不知什麼時候，在張掛出帆旗的地方，已經出現了藍、白、紅三色的信號旗升至桅竿上。

房子和阿登慢慢地朝船尾走去。

碼頭的倉庫已經放下鐵門，這些鐵門都漆成青綠色，使得附近一帶更顯得寂靜。沈鬱的長牆上，寫著「禁煙」的大字，還有用白色粉筆潦草寫著世界各港口的名稱：新加坡、香港、拉格斯……等等。倉庫旁的垃圾桶和排列整齊的貨車，都拖著長長的陰影。

船尾看不到半個人影，只聽到船的排水聲。船艙上寫著巨大的安全警告標語，日本太陽旗迎風飄揚，旗影恰好落在旁邊的吊錨柱上。

大約六點十五分，第一聲汽笛大聲響起。阿登一聽，感到前夜裡的夢境彷彿成真，他知道自己正身處所有夢境的終點與起點。此時，龍二的身影出現在太陽旗邊。

「你大聲叫他看看！」

房子對阿登說道。汽笛聲一停，阿登立刻拉開嗓子大聲喊叫，同時心中嫌恨著自己童稚不成熟的聲音。龍二轉頭朝這邊揮揮手，但是距離太遠，根本看不清他臉上的表情。接著，就如前夜猛然轉動肩膀迎向汽笛聲，身子一轉，又忙著做自己的事了。

房子痴痴地望著船首，舷梯已經拉起，船與陸地就此完全隔斷了，而綠色與米白色的船艙，便是凌空而來切斷地面的巨斧。

煙囪開始冒出濃煙，一團團濃濃的黑色煙霧，將淡藍的天空染成斑斑駁駁的污漬。擴音器發出的聲音，也在甲板上飛奔傳送。

「船首排水，預備起錨！」

「起錨！」

然後，汽笛又輕鳴一聲。

「船首排水完畢。」

「ＯＫ！」

「起錨完畢。」

「OK！」

「LET'S GO! HEADLINE! SHORLINE!」

房子和阿登望著一艘拖船緩緩拖著洛陽丸的船尾離開碼頭。碼頭與船之間的水面，不斷形成新的扇形波紋。龍二站在船尾的船橋上，白色的水手帽上閃著金飾的光輝，就在他們追尋著逐漸遠去的金色光輝之際，洛陽丸已改變方向，船身與碼頭形成直角遙對。

隨著角度的改變，船的姿態也變得複雜莫測。泊在碼頭時，它是橫著身體露出全長，而在逐漸離開碼頭時，長度也跟著漸漸摺疊起來，甲板上所有的建築物，看起來重疊又擁擠，再加上夕陽餘暉在船上的凹凸部分都鑿上精細的刻痕，整艘船就如一座中世紀的城堡，聳立於汪洋之中。

不過這個景象僅是曇花一現。爲了使船首朝向海洋，拖船要將船尾迤邐拖向碼頭。結果原來看起來複雜重疊的船體，這下子又被解體，自船頭開始逐一回復原有的形態。原本消失不見的龍二，又重新以一支小火柴棒似的模樣出現，與沈浸在殘霞中的太陽旗，隨著船尾轉向陸地。

「LET'S GO! TUG[illegible]」

擴音器的聲音，乘著海風明晰地傳送過來，拖船終於離開了洛陽丸。

船靜止在原地，鳴放三響汽笛聲。船上的龍二與棧橋上的房子、阿登，都像是被凝結的時間封閉了一樣，陷在一股不安的緘默與靜止中。

洛陽丸終於發出了響亮的開航汽笛聲，巨大的聲浪震撼了整個港口，傳到市中心的各窗口、爲晚餐忙碌的廚房、小旅館的臥室、空無一人的學童書桌，也傳到學校、網球場及墓地。凡是汽笛聲所及之處，都充滿離愁別緒，使得毫無關聯的人也爲之心碎。白煙不斷噴出，船朝著海洋筆直前進，龍二的身影也遁失無蹤。

第二部　冬

第一章

十二月三十日上午九時，龍二步出新港碼頭的海關檢查站，房子獨自前往迎接。

新港碼頭是個奇特而抽象的地域名詞，它的街道過份整潔，夾道的樹木已經枯萎，路上車少人稀，倉庫是復古紅煉瓦建築，倉庫公司則是仿歐洲文藝復興時代的大樓，載貨的專用鐵路上，老式的火車冒著黑煙經過，連那小小的平交道看起來都像玩具般虛假。這個街市帶給人這種不眞實的感覺，大概是因爲街市所有的機能都脫離不開航海事業發展之故。街上的一磚一瓦，都已經被海洋奪佔了心智，所以，它只有任海洋將它單純化、抽象化。街道逐漸失去了機能上的現實感，變成現今這夢幻般的容貌。

這一天剛好下著雨，倉庫屋頂的古老紅瓦流動鮮艷的朱紅，而一根根突立於屋頂的桅杆也淋濕了。

房子爲了避免惹人注意而留在車裡等候，透過被雨水淋得模模糊糊的車窗，可以看見船員們魚貫地從簡陋的海關小木屋走出來。

龍二豎起藍色外套的衣領，水手帽壓到眉際，提個舊旅行袋，身體稍爲往前傾地走入雨中，房子趕忙吩咐善體人意的老司機，把車子開到龍二身旁叫住他。

龍二將自己粗魯地丟進車裡，如同一件飽受風雨的沈重行李。

「妳來了！妳眞的來了！」

他用力攫住房子裹在貂皮大衣下的肩膀，喘著氣低喊。比以前曬得更黑的臉上水漬斑斑，分不清是雨水還是淚水，相對的，房子激動得臉色蒼白，在昏暗的車子裡，那張臉白得彷佛要透窗而去，他們哭著擁吻。龍二的手從房子大衣口伸進去，好像要確定一個剛救起的人是否生還似的，倉促地用手又摸又抓，之後，才放心地雙手環抱房子溫柔的身體，內心重溫一切有關房子的記憶。

從這裡開車到房子家只要六、七分鐘。車子行經山下橋時，兩人終於開始交談。

「謝謝妳寫那麼多信給我，每一封我都看上一百遍。」

「我也一樣……。今年過年到我家來吧！」

「嗯。……阿登呢？」

「他本來也想來接你，不巧有點傷風，所以在家裡躺著休息。不過不是重感冒，也沒有發燒……」

他們什麼也不願多想，很自然地像一般住在陸地上的人們般，談些見面時的應酬話。分開了一段時間，這樣的交談對他們而言是不可思議的。他們無法將夏天時發生的關係和現在連繫起來。因為，已經發生過的事情，早形成一個完整無缺的圓環而告一段落，如果他們想再進入其中，可能會被那輝煌的圓環反彈出來。事過境遷，一切不可能像四個月前掛在房間牆上的上衣，只要一伸手就可以取下穿到身上那樣地輕鬆、順利。

喜極而泣的淚水消除了不安，他們一口氣把彼此推進了萬能人類的心境。龍二的心麻痺似的，不能很快地憶起往事。不管是出現車窗左右的山下公園也好，瑪村鐵塔也好，都和他記憶中的模樣沒有差別，它們似乎本該以那種姿態存在，而它們亦未給予他任何感受。可是現在，藉著濛濛煙雨與模糊的景物，一切風景的存在是那樣地明顯而柔和，使他更接近記憶所在，同時也拉近他與現實的距離。以往他下船之後，總是感覺到世界詭譎不安。今天他的感受卻大大不同，他自覺像是鑲在畫中的人物，鑲在一個親切平和的世界。

過了山下橋後，車子右轉。右邊是塞滿了鼠灰色雨蓬舢板的運河，經過法國大使館後開始行駛上坡路。天色漸漸開朗，雲層散開，雨也停了，車子爬上坡道來到公園前面，然後從谷戶坂路彎進左邊的小巷裡，在黑田家門前停車。從大門口到玄關之間只有幾步路的距離，走道上面鋪著碎石，由於剛下過雨，地面顯得潮濕，映射出房裡的燈光。老司機撐傘送房子到門口，同時伸手按了門鈴。

女管家出來開門，因爲玄關很暗，所以房子立刻吩咐她把燈打開。龍二跨過玄關低低的門檻，踏入陰暗的室內。

那一瞬間，忽然有種微妙的感覺襲上心頭，龍二竟不知道自己該不該跨進門檻而遲疑一下。

他已經與她一同進入往日光輝亮麗的光環中，不用說，那種感覺與踏入門檻應該很類似，爲何他還遲疑不定呢？其實，兩者之間尚有很大的差異。晚夏他倆因遠航而別離，以及日後來往的書信中，她都小心翼翼地避免使用一些有長相廝守意味的辭句。雖然如此，從剛才的擁抱中，很明顯地兩個人都希望回到以往。只是龍二過於迫切，所以來不及分辨這微妙的感覺有何差異，他未發覺，他現在正踏進一個意味迥異的「家」。

「剛才那場雨好大喔！」房子說道，「不過，快放晴了。」

玄關的燈此時大放光明，維吉尼亞風格的明鏡裝飾在窄窄的玄關上，地板舖的是琉球大理石。

客廳暖爐的火已經升好了，爐架上擺上了供神佛用的白木盤，上面整齊地舖著裏白、交讓木、馬尾藻、海帶等過年用的東西，還有圓形的大年糕。女管家端茶進來，一本正經地向龍二問好：

「你回來啦！大家都在盼望呢！」

客廳還是原來的樣子，只是增加了房子做的手工藝品，以及網球俱樂部所頒的小獎杯。

房子依序說明這些裝飾品的由來。龍二出海後，她比以前更熱中網球活動和刺繡。除了周末前往之外，平常只要店裡空閒了，就會到妙香寺下方的網球俱樂部去打球，晚上則在家專心刺繡。房子所繡的圖案大部分和船有關，如南洋屏風風格的黑船，以及古色古香的舵輪圖案椅墊，都是今年秋天完成的作品。至於獎杯，則是最近參加忘年盃女子網球賽時獲得的。對龍二來講，這些東西就是他不在時，房子守貞的證明。

「也沒什麼値得一提的事，」房子說道：「只是你不在時有了這麼點成績。」

當時和龍二分別，根本不打算等他回來；誰知龍二一離開，房子就開始等待，這使她覺得自己很沒志氣。爲了忘掉龍二，她更全心全意忙於店務，熱心地接待客人。原以爲可就此忘了他，誰知客人都離去後，店裡一片靜寂時，她每每忘形聽著中庭的噴泉聲，接著就猛然驚覺，明白自己已經正在等待。……

——和以前比較起來，她現在能夠更自然、更順暢地把自己的心情坦然地說出來。或許由於寫信時經常大膽地吐露心聲，使她意外獲得了語言上的新自由。

同樣地，龍二也變了，變得比較多話，神情也頗愉快。這樣的改變，是在火奴魯魯接到房子的第一封信時開始的。他開始平易近人起來，也參與船上的各種活動，和大夥兒一起拍肩膀。大家都發現他的改變，不久之後，洛陽丸的高級船員們都知道他戀愛的經過。

「去看看阿登吧！他一定迫不及待想見你，那個小鬼昨晚一定沒好好睡覺。」

龍二輕快地站起來。他知道今天他是衆所期盼的人物，而且是衆人關切的焦點。

他從旅行袋裡拿出要送給阿登的禮物，然後就跟在房子後面走上樓梯。猶記得晚夏他與房子初戀的一夜，他雙腿發抖地爬上這昏暗的樓梯。現在，他的一切都已經被這個家庭接受了，腳步也隨之穩定而自信。

阿登聽到爬樓梯的腳步聲，躺在牀上的身體緊張得僵硬起來。他總覺得那腳步聲與等待中的似乎有點不同。

敲門聲響起後，門被緩緩地推開，阿登看到了一隻紅褐色的小鱷魚。天空乍晴，房間裡充滿了水般清亮的光線，所以門邊那隻伸著僵硬四足、張開血盆大口、眼珠子紅紅亮亮的小鱷魚，看起來就像活的一樣。活的東西也可以拿來當裝飾品嗎？他在迷迷糊糊中想到了這個問題。阿登想起了龍二曾說過的海洋故事。在珊瑚礁環繞的海域裡，環礁當中平靜無波，像個寧謐的小池塘。而遠處環礁外側則波浪洶湧，浪頭翻成浪花朵朵，遠眺之下，如夢似幻。如此，跟昨天比起來已經好很多的頭痛，正像環礁外那層層白色的波浪。鱷魚則是他的頭痛，是他遙遠權威的飾章。事實上，一場病使得少年的臉色和平時不同，看起來更嚴肅。

「嗨！送給你的紀念品！」

把鱷魚架在門邊的龍二這才露出全身和阿登見面。他穿著灰色套頭毛衣，臉孔曬得十分黝黑。

阿登早已決定看到龍二時，絕不露出笑容，現在正好拿生病來當擋箭牌，成功地擺出一副嚴肅冷漠的臉孔。

「奇怪！他一直盼望你回來啊！怎麼又變了臉色，也許又發燒了。」

母親多餘地解釋著，在阿登的眼中，母親突然變成卑微的小人。

「這個東西嘛，」龍二對阿登的態度毫不介意，把鱷魚放在枕頭邊說著，「是巴西的印第安人製作的標本，巴西的印第安人才是眞正的印第安人喔！舉行祭典時，他們要在頭部羽毛飾品前，裝上這種小鱷魚或者水鳥標本，然後在額頭上貼三個小圓鏡。當他們升起營火後，火光映在鏡子裡，看起來就像三個眼睛的妖怪，他們脖子上掛著豹牙，腰部圍著豹皮。背後背著箭筒、手裡拿著鮮艷的五彩弓箭。……雖然這只是隻小小鱷魚標本，卻是他們隆重祭典時的裝備之一呢！」

「謝謝！」

阿登嘴裡敷衍一句，便用手去摸小鱷魚隆起的背部和無力的四肢，又看看紅玻璃眼珠子及其身上的灰塵，一邊確定它是否來自巴西鄉村的小店，一邊回味著剛才龍二所說的話。火爐的暖氣與皺皺的被單使空氣更悶熱。枕頭上有一塊乾癟癟的唇皮，那是在他們進來前，他自己剝下來的。他擔心自己的嘴唇會不會因此而顯得格外紅？同時，他下意識地往那個偷窺洞穴所在的大抽屜望一眼。掃視後立刻暗暗叫苦，萬一大人們也隨著自己的視線望過去而產生疑問的話，那就糟糕了！還好，大人們正陶醉在忘我的情愛裡，對周圍的反應遠比他想像中遲鈍。

阿登藉此上下打量龍二。他那爲熱帶陽光曬黑的臉龐，使得兩道濃眉與白齒，顯得更爲醒目。但是，剛才那番長篇大論，顯然是爲了迎合阿登，因爲從阿登寫給他那些信裡，龍二很了解阿登的喜好。這種誇張的表現很不自然。再度見到的龍二，讓阿登覺得像個贋品似的。阿登耐不住心中的感覺，終於衝口說出：

「哼！看起來像假貨！」

龍二卻像個老好人，誤解了他的話。

「喂，別開玩笑啦，嫌它太小嗎？小鱷魚就是這種體型，你到動物園看了就知道。」

「阿登，不准說沒禮貌的話，還是展示你那册集郵簿吧！」

沒等阿登動手，母親已經把阿登細心整理的集郵簿攤在桌上給龍二欣賞。整整齊齊排在上面的郵票，都是龍二從各地寄來的。

母親坐在椅子上，面向著窗戶，迎著光線一頁頁地翻動，龍二手搭在椅背上，俯身欣賞郵票。阿登發現他們二人都有美麗的側面。稀薄清明的冬陽，照在二張已經忘了阿登存在的側面上，使他們的鼻樑顯得格外高挺。

「下次什麼時候要出海？」

阿登突然問道。

母親嚇了一跳，側過頭來望著阿登，臉色一片蒼白；對房子來說，這是她最想問卻又最怕問的一句話。

龍二故意望著窗外，瞇了一下眼睛，然後慢慢地回答著：

「現在還不知道。」

這樣的回答使得阿登大受打擊。房子保持緘默，那副神情，像是各種酸甜苦辣的感受都齊裝入一個被軟木塞塞住的罎子裡似的。她那呆呆的表情，讓人無法分辨是幸或是不幸。然而，此刻在阿登的眼裡，母親看起來就像個洗衣婦。

稍頃，龍二又悠悠悠地說了一句話，不管那是眞是假，他的聲音裡卻充滿慈悲之心，確信自己是個足以左右他人命運的男人。

「裝卸工作正好在過年期間。」

——母親和龍二走出房間後，阿登不由得燃起滿腔怒火，臉色通紅，又咳嗽了幾聲。他怒氣沖沖地從枕頭下抽出日記簿，然後在上面寫著：

塚崎龍二的罪狀：

第三項，我問他「下次什麼時候出海？」，他竟敢回答「現在還不知道」。

阿登放下筆想了一下，更加生氣地寫著：

第四項，他根本不該再回到這裡來。

過了一會兒，他就爲自己的盛怒感到羞恥，「不要動感情」正在他的自我訓練中，怎可違反？他重複地檢討、鞭策自己，在確定心中已了無餘怒後，再重讀第三、四項的內容。經過這一番心情上的調整，阿登依然覺得這些內容都沒有修正的必要。

這時，阿登聽到隔壁房間傳來了輕微的聲響。好像是母親在裡面，還有龍二也在的樣子。……這個房間沒上鎖，阿登的心跳隨著思潮不停地起伏。在這沒有鑰匙保護的房間，在這上午時刻，要怎麼樣才能儘快地拉出大抽屜，然後神不知鬼不覺地躲進裡面去呢？

第二章

龍二送給房子的禮物是犰狳皮製的手提包，上面有一個類似老鼠頭的裝飾，手提包包口的金屬及縫工都十分粗糙。但是，房子到那裡都愛帶著它，即使在店裡也得意地展示給大家看，害得澀谷經理猛皺眉頭。

除夕那天，房子店裡忙得不可開交，龍二也要擔任下午的輪值工作，二人只好暫時分開，各忙各的。這半天的分離，現在對他們來講是很自然的事。

房子忙完店裡的事，回到家已經是晚上十點多了，今年有龍二帶著女管家和阿登一齊動手整理，把家裡弄得井然有序。龍二拿出船上大掃除那一套，在他俐落的指揮下，早上才退燒的阿登，也高高興興地接受命令，加入大掃除的工作。

龍二捲起了毛衣袖子，頭下還纏了條毛巾，阿登也有樣學樣，拿毛巾綁在頭上，很起勁地忙著，等房子回家時，二個男人已經打掃好二樓，拿著拖把和水桶，正準備下樓。房子又驚又喜地看著他們，她怕阿登病剛好，身體會吃不消。

「放心吧！出出汗，感冒就好了！」

龍二那堅定强硬的口吻中，或許包含了安慰的意味，不過那至少是這個家裡久已不聞的「男人的話」。那些話一說出來，連古老的柱子和牆壁也感到震撼不已。

一家人一邊聽除夕夜的鐘聲，一邊吃蕎麥麵祝賀新年。

「以前我在麥可庫雷卡先生家做事，在他們家過年的客人，一到十二點，不管對方是誰，抓著就吻。艾莉絲那個滿臉鬍子的叔叔，抱住我臉頰猛親……」

每一年，大家都要聽女管家回憶這段往事。

一回到臥室，龍二立刻抱住房子，當天際出現第一道晨曦時，龍二突然提出一個孩子氣的建議。他要房子和他一起到附近的公園，去迎接元旦的朝陽。房子毫不考慮地答應了，在凜冽的大清早往外跑雖然有點瘋狂，她卻覺得有意思。

兩個人趕緊添加衣物，房子穿了毛料衛生衣褲，又在喀什米爾毛衣上加了一件華麗的丹麥雪衣。龍二用短外套的袖子圍著她的肩膀，兩個人悄悄地開門走出戶外。

清晨的寒風吹到他們溫熱的身體上，使之精神一爽。兩人手拉手走進公園裡，園中不見半個人影，他們不由得相對大笑，興致一來，像孩子似地在杉林中追逐嬉戲；

又從口中吐出霧氣，做深呼吸比賽，看看誰吐出來的霧氣比較白。昨天整夜愛撫而幾乎消融的口腔，此刻被凍得彷彿結了一層薄冰。

二人靠在柵欄上俯視海港時，手錶的指針剛好指在6點，金星南移，大廈的燈光、倉庫的門燈以及船桅上的紅燈依然閃閃發光。瑪林鐵塔上旋迴燈發出的紅綠光線，依然迴照公園陰暗的角落，不過家家戶戶的輪廓愈來愈清楚，東方也露出了紫紅色彩。

他們聽到了今年第一聲雞啼。它穿過灌木的枝枒，乘著沍寒的晨風遙遠地飄送過來，微弱而斷斷續續地悲壯雞啼。

「希望今年一切順利。」

房子小聲地祈禱著。他們把臉頰貼在一起以禦寒氣，聽到房子的祈禱，龍二立刻愛憐地吻她的唇角，說道：

「今年一定很順利，放心吧！」

天色更明亮了，水面上的波紋清晰可見，大廈安全梯上的一盞紅燈交接，這又使得龍二興起對陸地生活的深切感觸。今年五月他就滿三十四歲，那些無盡的夢想，是否該捨棄了？至今他應該明白，這世界並不曾有爲他而存在的特別光榮。倉庫屋簷下黯淡的燈火，正在和黎明的第一道晨光做最後抗衡，不肯覺醒，但是，龍二能和它一樣不醒嗎？

雖然是元旦，港口一帶並沒有特殊的氣氛，運河上的一艘大舢板，傳出乾澀的馬達聲蓄勢待發。

幾條燈影自停泊的船上投射水面，隨著天色逐漸轉亮，燈影也由葡萄色轉淡。六點二十五分，公園的水銀燈同時關滅。

「冷嗎？」

龍二不知已問了多少遍。

「冷得連牙齒都打架了，不過，沒關係，看樣子太陽快出來了吧！」

在不斷問她：「冷嗎？」的同時，龍二也一再地反問自己，眞的能夠捨棄嗎？對海洋的深情，以及海洋帶來搖盪暈眩的醉意，都要捨棄嗎？還有，別愁離緒、流行歌曲誘出的淚水……。他是男人，當他與世界隔絕時，會逼使自己更爲男性化，這一切都要捨棄嗎？

在他雄厚的胸膛下，隱藏著對死亡的憧憬，彼方的榮譽、彼方的死亡。不管「彼方」的定義是什麼，總是存在的，長期接觸洶湧的波濤，也見慣天際崇高的光芒，心靈已被許多矛盾扭曲了，人變得無法自制地狂妄放縱，已經不能分辨何者感情高潔，何者鄙陋了，那麼，何不把所有的功過還諸海洋，享受自在舒暢的自由呢？

另一方面，龍二在此次航海歸路上，發現自己對枯燥而艱苦的船員生活，頗感到厭倦。長久的飄洋過海，他相信自己已嚐盡海上生活的滋味，不再有任何不曾有過的經歷。結果呢？榮譽存於何處？榮譽根本不存在，不管在世界上的那個角落，都不存在。不在北半球，不在南半球，更不在船員們憧憬的南十字星空下！

——天空隱現羞怯的淡紅，堆木場的複雜水面已經變得清晰可見，但是隨著一聲聲雞啼，船桅上的燈逐一褪去，港口中的船隻反而模模糊糊起來，宛如虛幻的景象。天邊的色彩逐漸轉濃，成爲一片火紅。當天際浮現出第一朵雲彩時，二人身後的公園，視線也寬廣多了。瑪林鐵塔的旋轉燈已不再輻射出光輝，只剩下紅綠的光點明滅閃爍，顯示出光源之所在。

氣溫仍然寒冷刺骨，所以兩人在柵欄前互相擁抱，原地踏步來驅走寒意。寒氣侵襲暴露於空氣中的臉龐。但是從腳底竄起的一股寒冽，更令人不堪忍受。

「太陽要出來了。」

在一陣突然傳來的鳥囀聲中，房子這樣說著。出門前匆匆忙忙擦上的口紅，在她被寒氣凍得雪白的臉蛋上，更增添其嬌豔。

不久，堆木場正右方原本一片陰霾的天空，漸漸出現了模糊的紅日輪廓。轉瞬間，太陽清清楚楚地變成一個大火球，不過光線微弱，肉眼仍可直視，看來像個紅色的滿月。

「眞是美好的一年！意外能夠與你在此共看日出，這也是我有生以來，第一次迎接元旦的日出。」

由於寒冷之故，房子的聲音有些顫抖。

如同在冬天的甲板上，逆著北風喊叫一樣，龍二頓時大聲叫著：

「嫁給我好嗎？」

房子沒有回答，龍二不禁感到焦急不安，不假思索地說出一堆話。

「我是說，我們結婚好嗎？雖然我只是個不值得羨慕的船員，可是我的生活一向規規矩矩，絕不自甘墮落。也許說出來妳會笑我，但是我眞的有二百萬存款，待會兒我就把存款薄拿給妳看，那是我全部的財產。不管妳願不願意嫁給我，我決定全部送給妳。」

出乎龍二的意料之外，這番樸實率直的表達，竟然深深地打動了她那顆穩重幹練的心，房子喜極而泣。

光芒增強的太陽照著龍二不安的眼神，已不能再用肉眼直視這個火球。汽笛聲響起，車聲開始喧囂，港口的各種聲音明顯地高昂起來，遠處的水平線依然模糊不清，太陽已將其光芒灑到水面上，像灑下了一層紅色煙霧。

「嗯，好。不過，關於這件事要討論的細節很多。像是：阿登的問題，還有我的工作啦。……另外，我可不可以提出一個條件？我是說，如果你打算再跟著船走的話，那，我們的事……，我想有點困難。」

「我不會很快出海。或者，從此……」

龍二話講到一半，似乎接不下去了。

房子的家裡沒有一間日本式的房間，過的是歐美的生活方式，不過元旦還是遵照傳統習俗，喝屠蘇酒賀新年，在西洋式的餐廳裡擺上過年的料理。一夜沒睡的龍二，用熱水洗過臉後，走進餐廳，他感覺自己不像在日本，而像在北歐某港口的日本使館中。記得有一年歲末，船航行至北歐，日本使館邀請高級船員參加新年的賀宴，當時的地點就是這種寬敞明亮的西式餐廳，桌上擺著裝屠蘇酒的長把酒壺，描金的漆器上擺著木製酒杯，此外尚有盛著各色可口點心的多層盒子。

阿登打了領帶，危坐於桌前和大家互道恭喜。輪到喝屠蘇酒賀新年時，他像往年一樣，想要第一個去拿酒。但是伸手要拿酒杯時，被母親阻止了。

「奇怪！塚崎先生也用這種小酒杯啊！」

爲了掩飾自己的尷尬，阿登故意裝做天眞的小孩，一邊說一邊看著第一個拿酒杯的龍二。他伸出粗糙的大手，握著小小的梅花杯送到嘴邊，描著泥金梅花的小紅杯被那時常操作船索的粗掌握住，竟變得鄙俗起來。

龍二喝了屠蘇酒後，沒等阿登要求便主動談起在喀里布海遭遇颱風侵襲的事。

「在海上遇到風暴時，船搖晃得很厲害，根本沒辦法煮飯。好不容易煮熟了，就捏成飯糰吃。碗盤放在桌上一定會摔下來，大夥只好把桌子搬開，隨便席地吃飯糰。

這次在喀里布海碰到的颱風確實很厲害，我們洛陽丸本來只是艘從外國買來的舊船。船齡已達二十年了。一旦碰到大風雨，很快就會進水。水從船底的鉚釘縫滲入，碰到這種情況時，船上的人不分上下，大伙兒就像一羣水老鼠似地拚命把水弄出去，在縫裡塞上防水布，或是臨時做個水泥箱灌水泥。在搶救時，因爲船搖晃得厲害，幾乎都站不穩，經常摔得東倒西歪，也不敢叫痛。這時還經常會停電，黑暗中也得摸黑做下去，總之，眞是既緊張又忙碌。

說眞的，我雖然已經過了好多年的海上生活，可是一碰到暴風雨還是害怕。每次暴風雨來襲，我就想，這次一定完了！這個颱風來的前一天，天際的落霞紅得像一場熊熊大火，天色紅得發黑，海面上一片死寂……當時，總有點不祥的預感……」

房子突然用雙手掩住耳朵，大聲叫道：

「好可怕！好可怕！不要再說了！」

龍二明明是對阿登敍述冒險故事，母親居然掩耳抗議，眞像在演戲。阿登不由得想到，難到龍二敍述的對象眞是母親，而非說給自己聽？

如此一想，阿登感到滿心不痛快。沒錯，龍二經常講航海故事，但是今天的口氣和表情，卻和以往歧異。

龍二頓時宛如一個背著商品到處叫賣的販子，在大衆面前解開他背後的行囊，用骯髒的手拿出一件件商品向大家吹噓。他的口吻就是如此，而他所吹噓的商品就是：喀里布海上的颱風、巴拿馬運河沿岸的風景、巴西鄉村裡紅土飛揚的祭典、高空上的積雲、在刹那間足以淹沒一個城市的熱帶驟雨、在陰暗天空下啼叫的七彩鸚鵡、……

第三章

洛陽丸一月五日出航。但是龍二並沒有跟著出海，繼續留在黑田家做客。

蕾克斯在初六開市。由於龍二未隨洛陽丸出航而留在家裡，使得房子的心情大爲開朗，這一天快到中午，她才到店裡接受澀谷經理和店員們拜年。

過年休假期間，收到一張英國商品代理商寄來的送貨通知單，說明有數打商品已經寄出。

Messers. Rex & Co., Ltd., Yokohama

Order No. 1062–B.

載貨的船是艾爾托納號。運送的貨品均是男性用品，像外套和背心共兩打半，34、38、40三種尺吋的長褲共一打半，總額共計八萬二千五百元，付給代理商一成佣金，合計九萬七千零七百五十元。……這些貨品在店裡擺上一個月全部售罄的話，至少還有五萬元的利潤。話說回來，其中有一半的貨品是顧客委託訂購的，所以算是半數已經售出。其餘的即使一時賣不出去也不會跌價，這就是透過一流代理商購買英國貨的好處。像這些貨品，對方甚至訂定零售價格，如果違約廉價出售而被查獲，就會遭到拒絕往來的命運。

澀谷經理走進了房子辦公室，說：

「本月25日，傑克遜商會舉辦春夏商品展示會，邀請函已經寄來了。」

「喔，又要和東京各百貨公司的採購部門進行競爭啦，不過沒多大關係，反正那些人也不識貨。」

「那些人本身都沒有穿過高級衣物，當然不識貨！」

「說的也是啊！」

房子拿筆在桌曆上做了記號。

「明天要一起去通產省吧！和政府官員打交道實在傷腦筋。一切拜託你啦！我只能在一旁陪笑喔！」

「放心好了，通產省有些官員都是我的老朋友，不會有問題的。」

「是啊，你以前也說過。有你幫忙，我就輕鬆多了。」

蕾克斯爲了吸引新顧客，和紐約一家名叫 MEN'S TOWN AND COUNTRY 的紳士用品專賣店訂立購買契約，已經拿到了對方的保證書，現在爲了申請進口許可證，不得不親自打點。

望著站在桌前這位個頭瘦小、打扮入時的老經理，房子忽然想到一件事。他今天穿件駱駝皮背心，房子瞄了瞄他頸子，說：

「澀谷先生，你近來身體還好吧？」

「還可以，只是這幾天不大舒服，有點神經痛，一痛起來會擴散到全身。」

「有沒有去看醫生呢？」

「沒有，剛好碰上過年嘛。」

「你不是年底就不舒服了嗎？」

「唉呀，年底店裡生意忙，那有閒功夫去看醫生？」

「還是早點去看看醫生吧！要是你倒下來，我這個店可就經營不下去囉！」

老經理露出了曖昧的笑容，伸出白皙而開始長黑斑的手，神經質地摸了摸結實的領結，似乎要確定一下領結是否打得整齊。

一名女店員走進沒有關上門的辦公室，告訴她春日依子來訪。

「喔，又到橫濱出外景啦？」

房子立刻下樓往庭院走去。春日依子獨自一個人，沒有帶跟班來，她披了件貂皮大衣，正彎著腰欣賞櫥窗裡陳列的商品。

依子買了一支蘭蔻口紅和鶺鴒牌女用鋼筆。房子邀她共進午餐，想不到這位紅牌電影明星竟然高興得滿面生輝。房子帶她走過西之橋附近一條小巷裡，那兒有一家艇友們經常聚會的法國餐廳，由一位曾在法國大使館服務、精通法國料理的廚師經營，是他退休後自資開的，店名叫「桑特爾」。

房子面對著這位心思單純、沒什麼腦筋的女人，想體會她孤獨的心境。依子本來是滿懷希望，想在影展中出點鋒頭，沒想到什麼獎也沒拿到。今天到橫濱來大概是因爲傷心沒有得獎，而躲到這兒來避人耳目。平日圍繞在她身邊的親朋好友實在很多，結果在這需要安慰的時候，能夠讓她坦然相對的，竟是交情不深的橫濱舶來品專賣店女老闆。房子決心在用餐期間，不提任何有關演技獎的事。

喝過這家法式餐廳一種出名的飯前酒後，二人愉快地進餐。依子不懂法文，由房子代點。

「媽媽桑長得眞漂亮，如果能像妳該有多好！」

美艷大方的依子說道。房子不覺感慨起來，像依子這樣輕視自己美貌的人還眞少見。她有豐滿的胸部，美目顧盼生姿，鼻子俊挺、嘴唇動人。那肉體可以說是上帝的傑作，然而她卻有著莫名其妙的自卑感，眞是太苛了。而依子卻認爲就因自己長得太美麗了，使得一般人只重視她的外表而忽略她的演技，所以才沒有得到評審委員們的肯定。

房子望著眼前這位不幸卻相當有名的美麗女人，在女服務生送來的帳單上簽名後，一副心滿意足的樣子。從她欣然簽帳的態度來看，依子的心情一定很愉快，簽字時那慷慨的樣子，似乎只要對她提出要求，她連雙峯也願意免費奉送。

「在這個世界上值得信賴的只有那些影迷罷了，即使他們都很健忘，還是可以相信的。」

依子在用餐時，點上婦女用的細長洋煙，一面氣呼呼地說著。

「這麼說，我也不可相信囉？」

房子故意逗著她。因爲依子會怎麼回答，房子早就知道了。

「什麼話！如果我不相信妳，怎麼會老遠跑到橫濱來呢？稱得上朋友的，只有妳了。眞的，請妳相信我！……最近我的情緒從來沒有像今天這麼快活過，這都是託媽媽桑的福。」

依子又以房子最厭惡的「媽媽桑」稱呼她。

餐廳的牆上掛著十七世紀的瑪麗號、十九世紀的亞美利加號……等這些具有歷史意義的輪船水彩畫。桌上鋪著鮮明的紅格子桌布，除了她們兩個人外，沒有其他客人。風吹過來時，古老的窗戶就會發出格格的聲響。窗外是空蕩蕩的馬路，一張報紙被強勁的北風吹得沿街飛舞，而對面一棟倉庫的灰牆遮住了前方視野。

依子用餐時，也一直沒有脫下她的貂皮大衣，胸前掛著一串沈甸甸的金色環鍊，看起來好像是掛了神轎前用來避邪的七五三繩索一般。她吃得不少，姑且忘記一切蜚短流長的是非圈，也忘卻自己曾抱的雄心，變得滿足愉快，那模樣就像個健壯的女工在辛勞的工作之餘，坐在枯黃的草坪上曬太陽一般，愉悅地忙裡偷閒。

這個女人的幸與不幸，在旁人看來，都不具備任何充分的理由。然而，在這一刹那，她卻完全展現了她爲撫養十口之家而奮鬥的生命力。那分連依子自己亦未察覺的美，即源自這股生命力。

房子忽然發現，對方正是自己尋找的最佳商量對象。於是，房子將自己與龍二的事向她訴說。愈說愈陶醉，甚至連依子沒有詢問的細節，也在不知不覺中說了出來。

「啊！這麼說，那本有兩百多萬的存款和圖章都已經交給妳啦？」

「雖然我一再推辭，但是……」

「爲什麼要推辭？他眞是個男人中的男人啊！那些錢對妳來說可能不算什麼，可是，重要的是那分誠懇的心意。沒想到現在還有這種眞情的男人哪！看看自己，我就忍不住要傷心，那些接近我的男人，一個個都心懷不軌，存心佔我便宜，一比較之下，妳眞幸福，太令人羨慕了。」

房子一聽，對依子的觀察判斷力頗爲驚異，因爲她才說完話，依子就喋喋說出一些必需列入考慮的指示。

第一、結婚的前提，就是必須聘請私家偵探調查對方的一切，只要準備調查對象的照片與三萬元費用，就可以完成委託。如果急於得到答案的話，大約一個星期就能拿到調查的結果。剛好依子認識一家信用可靠的徵信社，她很樂於介紹。

第二、雖然可能是多慮，不過也是很重要的一點。船員身患惡疾而又不敢告人的比率相當高，所以最好兩個人一起到房子信賴的醫院去做一次健康檢查，彼此交換健康診斷書。

第三、是關於孩子的問題。男孩和繼父之間的關係和繼母不一樣，麻煩較少。不過，既然孩子對他有英雄崇拜的傾向（何況龍二又有慈愛的本質），這件事就不會有問題了。

第四、不要讓男人有空閒的時間到處遊蕩，如果打算讓他擔任蕾克斯的經理，就要趁早訓練。最好明天開始就讓他到店裡看看，了解一下店務，澀谷經理身體不好，正好讓他接手。

第五、從存款簿這件事來看，對方並不是個精打細算的男人。不過，從去年開始海運界就不太景氣，船公司股票相繼下跌，他是長久過著海上生活的人，對這種不景氣一定很敏感，必然早就打算脫離這種生活。在這種情況下，房子不必因爲自己是寡婦而自卑，反而要注意態度上的平等，才不會讓對方以爲妳瞧不起他。

依子嘰哩呱啦地向比她年長的房子說了一大堆要點，使房子對她的印象爲之一變。過去總認爲依子是個沒腦筋的女人，沒想到她會說出這番合情合理的良言來。

「看不出妳的頭腦那麼清楚。」

房子一臉佩服的表情。

「說穿了其實也沒什麼。以前我曾打算和一個人結婚，我把這件事和公司裡的製作部主任商量。那個人妳可能也聽過，就是光映電影公司的村越先生，一位頗有名的電影界人士。當我把打算結婚的事告訴他時，他完全不提我的工作、人事、契約之類的問題，頭一句話就是滿臉笑容對我說：『恭喜妳啦！』然後就把我剛才對妳說的那一套全搬出來。我很不耐煩，就把調查的工作委託他全權處理。過了一星期，報告出來了，那個人和三個女人糾纏不清，有二個私生子，而且還有不可告人的惡疾，遊手好閒，不務正業，他打算結婚後把我的家人都趕出門，他好獨享清福，舒舒服服過日子。……怎麼樣，天下烏鴉一般黑，男人就沒有一個是好東西。當然，還是會有些例外。」

在這一刻，房子突然對她產生一股恨意，而且，這股恨意中，有一部分是來自一個勤懇務實中產階級的觀念。依子無意中的牢騷言語，使房子覺得她不僅侮辱了龍二，同時也對房子的門第教養、黑田家的殷實家風，以及逝去的丈夫的名譽造成侮辱。

房子從出生到長大的生活環境，和依子完全不同，因此，她所遇見的事情和依子遭遇的事件，也會有不同的終始。房子咬著下唇想著：

「無論如何，我非讓她明白我們之間的差異不可，雖然她只是我的顧客……」

房子自己並沒有發覺自己生氣的眞正原因，乃是現在的立場與去年夏天那場突來的熱情自相矛盾所致。在內心裡，與其說是爲龍二而怒，還不如說是爲丈夫早死，她一手經營的這個健全的家庭而怒。依子所說的話，確實刺激到房子的弱點，那就是別人對自己的行爲批評爲「隨便」。如果說眞是「隨便」，她願意以「好結果」來做補償，而依子卻不識相地說出不吉利的話。……房子爲先夫發怒、爲黑田家氣憤、爲阿登生氣。總之，因不安而引起的怒氣激得她臉色發青。

「如果龍二眞是她所說的那種隱瞞祕密而心懷不軌的男人，我怎麼會看上他呢？我可不像她那麼迷糊，居然會看錯人。我相信自己的眼光，一定錯不了！」

房子這種想法，等於否定了自己去年夏天那份不可思議的熱情。內心的怒火突然間沸騰起來，差一點就衝口而出這些心語。

——依子悠哉游哉地喝著飯後咖啡，完全沒有注意到房子內心的交戰。

依子忽然稍微捲起左手衣袖，露出雪白的手腕內側。

「妳一定要爲我保守這個祕密，我只對媽媽桑吐露。這就是上次那個事件留下來的疤痕，我用剃刀割腕，結果自殺未遂。」

「啊！報上好像沒有刊登出來呢？」

房子很快地恢復自然，但口氣依然尖銳。

「幸虧村越先生幫忙才把消息壓下來，沒有宣揚出去，不過，當時我確實流了不少血。」

依子舉高手腕，自憐地輕吻一下，然後把手伸到房子面前。傷口只剩一些雜亂的白色痕跡，若不注意就看不出來。從那些傷痕上看來，她一定是在非常猶豫的情況下，不情願地淺淺劃上幾道而已。這種疤痕讓房子不屑，故意一看再看，裝做難以辨認的樣子。

房子此刻又恢復蕾克斯女老闆的身分，同情地皺眉說道：

「啊！好可憐！如果當時有了閃失，全日本不知有多少人會爲妳哭泣呢？這麼美好的身軀不該如此糟蹋。希望妳答應我，以後別再幹這種傻事。」

「不會的，現在即使拜託我，我也不幹這種傻事。至少，我也要爲那些會爲我的死而哭泣的人活下去。媽媽桑，妳也會爲我流淚嗎？」

「豈止是流淚？算了，別提這些倒楣事了。」

房子用極親切、甜美的語氣回答她。

房子原本認爲請徵信社調查龍二的底細是件不吉利的事。但是，在意氣用事的心情下，她決定拜託徵信社，想要獲得與依子完全相反的證明。

「是這樣的，剛好我明天要和經理一起到東京辦事，辦完事後，我打算支開經理，自己到徵信社跑一趟。妳能不能在名片上寫幾句介紹話呢？」

「沒問題。」

依子從鱷魚皮的皮包裡拿出剛買的女用鋼筆，再掏了半天，才找出一張自己的小巧名片。

八天後，房子打了一通好長的電話給依子，語氣十分興奮。她得意地說著：

「我特地打電話向妳說聲謝謝，眞是萬分感激。一切都照妳所說的辦好了。……嗯，非常成功。……調查結果相當有趣喔！三萬元調查費實在太便宜。要不要我唸給妳聽聽看？妳現在有沒有空呢？……好，妳開始聽吧！也可以做個參考。

特殊調查報告書

台端委託之事如下表，調查報告如左。

計：

一、有關塚崎龍二調查案。

二、指定項目：有關本人一切履歷眞僞、女性關係、有無同居人、其他。

本人履歷與委託人所述完全一致，其母正子於當事人十歲時病逝。其父服務於東京都葛飾區公所，沒有再婚，專心養育子女。故宅於昭和二十年三月毀於空襲。妹淑子同年五月因傷寒病故，本人於商船高校畢業後……唔，都是這個調調，整篇報告都是這樣，不怎麼高明，不重要的我就跳過去，……女性關係，過去跟現在都沒有長久來往者。無同居者，不曾有因長期戀愛而考慮結婚的對象。……喂，妳覺得怎麼樣……本人個性稍嫌孤僻、熱心職務、有責任感、身體強健，沒有病歷資料。根據調查資料，本人及其近親皆無精神病或其他遺傳病。……喔，還有，本人絕無金錢借貸關係，在公司也沒有借貸或預支紀錄，金錢關係單純。性格喜愛孤獨、不善社交，與同事間交情淡薄。……我管他和別人怎麼樣？只要和我合得來就行啦！……啊！怎麼樣？什麼？有客人來啊？好，我掛電話囉？真謝謝妳。多虧妳那麼熱心介紹我做調查，無論如何，非打個電話向妳道謝不可。有空歡迎到店裡來，我們再聊。……什麼？那個人呀！已經照妳所說的，兩、三天前就叫他到店裡見習了。下次來時，介紹你們認識。嗯……嗯……好，真的非常謝謝，再見！」

第四章

阿登就讀的中學十一日開學，當天課只上到中午，他們這夥人整個年假期間都沒有相聚，而且首領的父母一時興起，還把他們帶到關西去旅行了一趟，大家一直到今天才見面。在學校吃過午餐後，便討論有哪些人煙稀少的地方可去，最後決定前往山下碼頭。

「大家都以爲那個地方冷死人，其實他們都錯了，那邊有個角落，一點風都吹不到。……走吧！反正去了就知道。」

首領說著。

下午開始變天，天氣逐漸陰霾，寒氣大增。他們朝著山下碼頭的盡頭走去。從海上吹來的強勁北風迎面痛擊，吹得他們一個個把頭縮進外套的領子裡。

碼頭末端的塡土造陸作業大致上已竣工，其中一座棧橋的工事，也完成了一半。

灰濛濛的海面上濤聲震天，水面上兩、三個浮標被一陣陣海浪衝擊得不斷搖盪。對岸的工業區一片灰暗，只有電力公司矗立的五支煙囪顯得特別突出。煙囪裡噴出來的黃煙，掩蓋了附近房子的頂端。左邊有一艘挖泥船停在快完工的棧橋旁，幾個工人低沈的吆喝聲越過水面傳來。港口的入港處聳立著一紅一白兩座燈塔，若是從棧橋左方望過去，兩座燈塔就好像重疊在一起。

右邊，市營五號倉庫前的碼頭，停靠了一艘約五、六噸級的老貨輪，懸掛在船尾的灰色國旗，濕淋淋地垂下來。距離倉庫稍遠的海面上，有幾艘外國船抛錨停泊，白色的起重機在岸邊林立，這是一片暗鬱的景色中，唯一光輝耀眼之物，遠遠望過去，如同一羣展翅待飛的鳥。

走到這裡，他們才頓悟首領所謂的避風港是什麼。在碼頭和倉庫之間的空地上，零亂地擺了許多銀色、綠色的貨櫃。櫃子相當大，大概一頭小牛都裝得進去，四角都用鐵框圍著，合板上也鋪了一層鐵皮，和櫃子一樣都漆成銀色，上面寫著出貨的商店名稱，堆在這裡任憑日曬雨淋。

六個少年看到這片新天地，馬上在櫃間雀躍鑽動，嘻嘻哈哈地互相追逐起來。偶而彼此撞個滿懷，也開心地笑個不停。首領在銀色貨櫃形成的聚落中，發現比較特殊的一個。它只剩一道鐵框，有兩面板牆已經破損，裡面的貨物已被運走，內部空洞洞的露出膠合板。此時，少年們已經玩得一身是汗了。

首領發出伯勞鳥的聲音呼叫衆人。六個人都鑽進這個空櫃裡，有的坐在板子上，有的倚在櫃子上，感覺上好像這個奇異的櫃子就要被起重機吊起來，飛上冬日陰霾的天空中似的。

櫃子的內側，有人用奇異筆亂七八糟地寫了許多字句。少年們把那些句子一一唸出來。「山下公園再相見！」「忘掉所有的責任」……那些句子就像短歌一樣接連不斷，而後人接上去的句子，總是否定前一句的美夢或希望，扭曲他們的意思。「年輕人，戀愛去吧！」「忘掉吧！女人是禍水！」「美夢！」「黑心、黑傷痕的布魯斯。」……其中也有年輕水手嚮往的美夢「I changed green. I'm a new man.」……有人畫了一艘貨輪的圖案，在貨輪上畫出四個箭頭，右邊指向橫濱，左邊指向紐約，往上指向Heaven（天堂），往下則是Hell（地獄）。有一句英文「All forget」寫得好大，外面圍著大而有力的圈圈。還有一幅眼神憂鬱的船員像，豎起短大衣的領子，抽一根大型煙斗。

櫃子裡這些字畫鮮活地道出了航海的孤獨，以及對海洋強烈的憧憬，也刻畫出船員的自許與揮之不去的愁緒，這是另一種典型而淒涼的炫耀方式，告訴世人，他有自我夢想的資格。

「這些都是一派胡言！」

首領憤怒地說，白白細細的手握成小拳頭，拚命搥打這些塗鴉的地方。他的舉動正是六個人絕望的標幟，連謊言都不願意接受他們。

首領曾說過，這個世界已經貼上了「不可能」的封條。最後，能撕掉封條的，只有他們六個人。

「喂，三號，你那位英雄怎麼樣？我只聽說他回來了，不知道詳細情況如何？」

首領知道大家的視線都集中在他身上，故意用冷漠而不懷好意的口吻說著。邊說邊從外套口袋裡掏出一雙襯著軟厚裏子的皮手套。他把手套戴好後再往下一折，露出鮮紅的裏子，帥氣十足。

「嗯，他回來了。」

阿登回答得含含糊糊，因爲，此時他最不願意提到這個話題。

「那傢伙在航海中，有沒有幹下什麼驚天動地的事？」

「嗯……他說在喀里布海遇上大颱風。」

「哈！那麼他一定是全身濕淋淋的，像隻落湯雞。他上次在公園裡已經表演過了！」

首領的話逗得大家都笑起來，而且笑個不停。阿登覺得大家好像都在嘲笑他，不過，他的自尊心使他迅速恢復冷靜，絮絮地說了一些龍二回來後的動態，彷彿在報告昆蟲生態一樣，語調冷漠，只是詳實平板地敍述。

直到一月七日，龍二還在家裡晃來晃去。當阿登知道洛陽丸在一月五日已經出海時，確實受到了很大的打擊。在他心目中，龍二與洛陽丸是密不可分的個體。去夏洛陽丸出海時，整艘船滿載光輝地朝地球的另一端出發，而龍二便是那光輝的一部分。可是，這個男人中的男人竟然斷絕了自己與美的總體關係，自主地從航海的幻夢中脫離而出！

過年放假期間，阿登一直纏在龍二身邊，聽他述說許許多多的航海故事，獲得同伴們無法得到的航海知識。然而，阿登眞正關心的並不是那些航海知識，而是龍二匆匆忙忙預備再度飄洋過海，所留下那些來不及帶走的點點滴滴碧藍海洋的故事，整個給他的感受。

不管是海、船或是航海，它們的幻影，只能依存在碧藍光燦的點滴中而已。一天天過去，龍二已逐漸習慣陸地的日常生活。現在，龍二身上瀰漫家庭的氣味、左鄰右舍的氣味、平和寧靜的氣味、烤魚的香味、寒暄的人情味、寂然不動的傢俱味、收支簿的氣味、周末旅行的氣味……所有陸地上的人類，多多少少都帶有這類如同屍臭的氣味。

龍二開始努力使自己具有陸地人的教養，在房子的督促下，他認眞閱讀過去沒興趣的文學作品與美術全集，收看電視教學節目，學習那些與航海用語無關的英語會話。房子也積極地爲他講解有關商店經營的方法，並從店裡帶回來許多高級服飾，爲他訂做西裝、大衣，而龍二則努力使自己穿出那些衣服的品味來……一月八日，龍二開始和房子一起到蕾克斯上班，這一天他興高采烈地穿上了西裝店趕工縫製出來的英國料西裝。

「興高采烈！」

阿登說話的口氣，彷彿舌尖放了一撮冰。

「興高采烈！」

一號模仿他的語氣說著。

可是，大家都笑不出來。因爲，他們已感受到事態的嚴重性，從這件事似乎可以看到共同夢想的終結，以及令人厭煩的未來。也許就終極意義而言，這世界根本不可能發生任何新鮮事。

這個時候，他們從櫃子的縫隙中看見一艘汽艇急馳而過，船尾在海面上激起陣陣白浪。然後拖著長長的引擎尾聲遠去。

「三號，」首領靠在木板壁上陰陰地說，「你還想再讓他做一次英雄嗎？」

阿登聽了這話，頓時感到全身發冷，便蹲下不吭一聲，用戴著手套的指頭撥弄鞋尖。過了一會兒，他答非所問地說道：

「不過，那傢伙還是把他的船員帽、短外套、髒兮兮的套頭毛衣當寶貝，煞有介事地收在衣櫥裡。看樣子，他對航海還沒死心。」

首領還是和以前一樣，根本不管對方回答什麼，以清脆的聲音逕自宣佈：

「只有一個方法可以使他再度成爲英雄，現在我還不能告訴你們是什麼。不過，很快地你們就會知道，這刻快要來臨了。」

當首領這麼說時，絕不容許任何人追根究底。接著，他把話題轉到自我本位的問題上。

「我來說說我的事情吧！過年旅行時，每天從早到晚，我都要和老爸、老媽面對面！很久沒受這種罪了。父親是什麼東西？想想看，他們眞是令人作嘔的廢物。他們本身就是一種禍害，背負著人世間一切的醜態。

世界上沒有眞正的父親存在。爲什麼呢？這是因爲他扮演的就是醜陋的角色。不管是嚴厲的父親、還是放任的父親、或是程度介於兩者之間的父親，都一樣醜惡。他們擋在我們的人生大道上，把自己的自卑感、沒有實現的美夢、怨恨、理想；終生不可告人的弱點、罪行、美夢，以及那些連自己都沒有勇氣實踐的戒律等等……這些毫無意義的一切却要兒子背負，强迫兒子履行。就連我那個平日對我漠不關心的父親也不例外。平常不關心孩子，自己受到良心的苛責，結果反而要孩子在旅行時了解他。

今年旅行我們到了嵐山。走過渡月橋時，我問我老爸：『爸爸，人生到底有沒有目的呢？』

你們都了解我的意思吧？實際上那句話的眞正意思是說：爸爸，你究竟爲什麼還活著？也許早一點從這個世界上消失更能有益於社會。可是我老爸居然無法體會這種高級幽默，擺出一副楞楞的樣子，瞪大眼睛望著我。我最討厭的就是大人露出這種驚愕的蠢相，但他偏露出來了。過了好一會兒他才對我說：『孩子，所謂的人生目的，並不是早已存在、由人家給你的，而是要靠自己的力量來創造。』

這算什麼？老掉牙的教訓！他只不過照著一個父親應該說的話說罷了。你們知道，他當時擺出一副防止孩子擁有獨創性的警戒眼神，看到那種眼神，世界都變得狹窄。所以，其實父親就是個遮隱眞實的機器，一部專門對孩子提供謊言的機器。不但如此，更可惡的是，他們始終相信自己代表了眞實。

父親是這個世界的蒼蠅。他們在一旁窺視，只要我們有腐敗之處，立刻加以狙擊！他們就是和我們母親發生肉體關係，然後向世界到處宣揚的汚穢蒼蠅。爲了腐化我們的自由與能力，他們不擇手段，其目的只是爲了保護他們所建立的汚穢城堡。」

「我老爸還是不肯買空氣槍給我。」

二號抱著膝蓋嘟嘟喃喃地說著。

「算了，他永遠不會買給你的。不過，你該明白，不管是買空氣槍給孩子的父親，還是不買空氣槍的父親，都同樣的醜陋！」

「我老爸昨天又揍我，從過年到現在，已經是第三次了。」一號說道。

「眞的！揍了你？」

阿登一驚，立刻反問他。

「有時候打我耳光，有時候用拳頭揍我。」

「你爲什麼不反抗？」

「打不過他，有什麼辦法？」

「那麼，想別的辦法啊！」阿登用激動、尖銳的聲音說道：「你可以在土司麪包上塗點什麼，讓他吃下去。譬如說塗上氰酸鉀之類的。」

「挨揍算不了什麼，」首領撇撇鮮紅的薄唇，冷冷地說：「更糟的事還多著呢！你根本不知道。你父親死的早是你幸運，可是，你也得認識一下這個世界的醜相，否則永遠長不大。」

「我老爸總是喝得醉醺醺回來，一回到家裏就欺負我媽。如果我說出祖護母親的話，他鐵青的臉上就出現邪惡的笑容，說：『小鬼，好啦！沒你的事，別破壞你媽媽的樂趣。』」

四號說。

「我知道喔，我老爸有三個小老婆。」

說完，四號又補充了這一句。

「哼，我老爸只會拜拜祈禱。」

五號說。

阿登覺得很有趣，追問他：

「他祈求些什麼？」

「反正就是闔家平安、天下太平、生意興隆之類的。我老爸認爲我們是模範家庭。糟糕的是我老媽，她也被洗了腦，也相信這一套。所以我家到處都打掃得乾乾淨淨、一塵不染，做人要正直，要行善，爲了防止竊盜事件，連天花板上的老鼠都要送飯供養牠們，以免他們挨餓偷東西吃。……在我們家吃飯，爲了感謝神明的恩惠，吃完飯後，每個人都得用舌頭把碗舔乾淨。」

「哦！這都是你老爸規定的嗎？」

「不是，我老爸才不會去規定什麼，他只是以身作則去幹那些無聊事，結果呢？一家人就學著他那麼做啦。……你還眞是幸福，應該好好珍惜啊！」

阿登爲了自己沒被相同的黴菌侵蝕感到不是滋味。同時，他認爲自己獨得的幸運具有玻璃藝品般的易碎特質，心中有些不安。到底是什麼樣的恩惠使自己免於那樣的災禍？他只知道自己脆弱，以及如新月般的潔淨。他向世界敞開純潔淨土，就像複雜的航空網一樣，將觸角延伸到世界每個角落。……不知道何時，那觸角會遭猛然折斷？何時，世界將失去其遼闊，讓阿登穿上透不過氣的緊身衣？哦！這天已逐漸接近了。……想到這裡，阿登心頭突然湧出一股狂野的勇氣。

首領那張佈滿寒霜的臉轉向阿登，可是他並不是看著阿登。他皺著整齊的新月眉，眼光透過貨櫃的空隙，凝望著海面上灰色的煙霧和累積的雲層。他把手舉到唇邊，用尖銳閃亮的小門牙咬嚙著手套的紅裏子。

第五章

母親的態度變了，變得溫柔親切，所有的空餘時間都用來照顧阿登。阿登心裡有數，他知道這是一種徵兆，不久之後，必定會有令他難以忍受的事發生。

有天晚上，阿登向母親道過晚安後，準備上樓回房，聽到母親嘴裡嘟嘟喃喃唸著：

「鑰匙、鑰匙。」

然後帶著鑰匙包跟著上樓。這幾聲「鑰匙、鑰匙」，讓阿登有點異樣的感覺。每天晚上，母親都習慣上樓替他鎖門，有時候態度溫柔，有時又顯得有點憂鬱，但是從來都不會像今天晚上一樣，嘴裡「鑰匙、鑰匙」地唸個沒完。

穿著棗紅色格子睡袍、正在閱讀「商店經營實務」的龍二，一副「偶然聽到」的樣子抬起頭來，呼喚了一聲房子的名字。

「什麼事？」

走到樓梯一半的房子轉身回答，那甜美撒嬌的語氣讓阿登全身不舒服。

「從今晚開始，別再鎖他門了，阿登已經不小了，他應能區別那些事該做，那些事不該做。阿登，你說是不是？」

他的聲音響亮地從客廳傳揚上來，阿登站在樓梯上方的黑暗角落，身子一動也不動，也不回答，就像被追到死角的小動物一樣，只能睜大眼睛觀望。

母親居然沒有責備阿登不回答的不禮貌行為，一味地保持著溫柔。

「好吧！這下子你可高興了吧！」

溫柔的語氣中好像要強迫阿登附和。然後，她帶阿登進入房間，替他查查明天的功課表和教科書準備情形，檢查鉛筆是否削好，數學習題龍二已經幫忙做好，一樣也不缺。母親都檢查好後還不走，又替阿登舖好棉被。看著母親輕盈俐落地走動，像似在水中舞蹈一樣的美妙。過了一會兒，母親丟下一句「晚安」走出房間。熟悉的鎖門聲並未響起。

——又剩下他一人了，阿登立刻變得焦躁不安。他知道這是他們安排的一齣戲，但是，看穿了又如何？阿登並沒有為此感到快慰。

龍二設下捕兔的陷阱。照理說，被禁閉的人應說會感到憤怒，但是，如果給予適當的安撫，再加上舊窗帶來的熟悉和親密感，說不定能扭轉情勢，讓被禁閉者對事物多一分寬容與達觀，大概他們也期望阿登有這種轉變。一旦掉入，兔子就不再是兔子，多麼微妙的陷阱。

沒有上鎖的房間使阿登感到不安，他豎起睡衣的領子，渾身發抖。他們要開始教育我了，恐怖而具有破壞性的教育。也就是說，他們打算強迫一個將滿十四歲的少年「成長」。按照首領的說法，成長就是「腐敗」。阿登腦袋熱得發脹，甚至想到一個不可能的主意：到底有什麼辦法能讓我待在房裡，而由另一個我走到門外，把門反鎖起來呢？

又有一天，阿登放學回家，母親和龍二已經換好外出服，等著要帶他去看電影。那是一部阿登早就想看的七十厘米大製作電影，因此阿登聽了很高興。

看完電影後，他們又到南京街一家餐廳，三個人佔用了二樓一個小房間。阿登很喜歡這家餐館的料理，尤其喜歡可以載著菜旋轉的圓桌子。

等菜出齊，已經吃得差不多時，龍二便使個眼色給房子。喝了點酒的房子眼睛微紅，似乎爲了這一刻，必須喝點酒來壯壯自己的勇氣。

阿登從來不曾受到如此殷勤的厚待，也不曾見過大人們在他面前愼重其事，好像是在進行某些固定儀式的模樣。阿登已經明白他們要說什麼，面對著成人世界有點厭倦。坐在圓桌對面的母親與龍二，好像把阿登當做一隻容易受驚、受傷、無知、卑弱的小鳥，小心翼翼地，阿登不禁覺得非常可笑。他們似乎在考慮：盤子上這隻豎起軟毛的小鳥，纖弱得像碰一下就會碎掉，到底用什麼方法才可以吃掉牠的心臟而不讓牠生氣？

他不介意母親和龍二把他當成一個柔弱的小可愛，因此，他覺得有必要裝成個被害者。

「阿登，媽媽有句話要和你說，好嗎？這件事很重要，你就快有個爸爸了，塚崎先生將會是你的爸爸。」

阿登木然地聽著，他自信可以使他們認爲這是悵然若失的表情。到現在爲止，一切都算正常，不幸，母親卻做出錯誤的判斷，出乎阿登意料的愚笨。

「……你死去的爸爸是個眞正的好人。他死去時，你已經八歲了，說不定你還留下許多與爸爸有關的回憶。這五年來，媽媽一直過著寂寞空虛的生活，我想你也一樣。因此，爲了你也爲了媽媽，家裡必須有個爸爸。媽媽一直期望幫你找一位理想、強壯、和藹可親的新爸爸，你明白嗎？因爲過世的爸爸人太好了，所以這點很令媽媽爲難，你已經長大了，應該能理解媽媽的煩惱。這些年來，家裡只有你和媽媽相依爲命，日子多麼凄涼哪！」

說到這兒，母親居然拿出港製手帕，當場哭起來，那樣子眞愚蠢。

「這一切全爲了你，阿登，全是爲了你，世界上再也找不到像塚崎先生這麼健康、和藹的好爸爸了。……從今天開始，你就叫塚崎先生爸爸，好嗎？我們打算在下個月舉行婚禮，到時候要舉行一個宴會，宴請親朋好友。」

阿登一句話也不說，龍二也偏過臉，獨自在老酒裡加冰塊拚命攪拌，他眞怕這位少年認爲他是個厚臉皮的傢伙。

阿登明白自己被憐恤，同時也被畏懼著。這種感覺令阿登陶醉不已。因此，當他以冷漠的心望著他們時，嘴角卻浮起微笑。他像個不寫功課的學生，寧願選擇跳崖，在跳以前，一股莫名的自負使他嘴角浮起微笑。

坐在漆紅圓桌那頭的龍二，用眼角偷望他時逮住了這個微笑。不過，他又誤會了。上次龍二在公園濕淋淋的狼狽相使阿登極爲失望，當時龍二曾誇張地對他笑。現在，他又報以這種類似的笑。

「好，從此我們就是父子了。來，阿登，和爸爸握個手吧！」

龍二伸出那隻結實的手掌。阿登覺得自己的手好沈重，他們倆的距離又好遙遠，根本接觸不到對方的手。好不容易才觸到了，他的手立即被那粗大結實的手掌握住，交換一次又熱又粗的握手。阿登自覺如同陷身於一股旋風中，在不堪忍受的不定形世界中受困，動彈不得。

……那夜，母親向他說聲晚安，便關門離去。房門沒鎖，阿登忽然冒出一個瘋狂的念頭。堅硬的心，鐵錨般堅硬的心，他一再喃喃自語。唸著，他就忍不住想試試，看自己的心到底有多硬。

母親臨走前關掉了瓦斯暖爐的開關，房間裡寒氣與暖氣融在一起。現在他最好迅速刷牙，換好睡衣，然後上牀蒙頭大睡，才不致感冒。

但是，有股勉强的情緒糾纏著他，使他連套頭毛衣都懶得脫下來。他渴望母親再度出現，隨便什麼理由，譬如忘了要吩咐的事而回頭來交待，他只要母親再來，從來不曾如此渴望過。然而，他也從不曾像今夜這般輕視過母親。

阿登在寒意漸濃的房裡等候。等倦時，便任由幻想肆意馳騁，想像母親大嚷大叫地衝進來。

「全都是騙你的，我只是和你鬧著玩罷了！我絕不會再婚的，如果我和他結婚的話，天都會塌下來，港口會沈沒十艘油輪，公路上的車會全翻倒，街上的櫥窗玻璃都會破裂，所有的薔薇都變得焦黑！」

但是，母親依然未再出現，於是，他就想像母親來到，會發生使他發窘的狀況。這種渴望的心情，已經讓他忘記何者爲因、何者爲果了。這蠻不講理的渴望之心，固然會使阿登本身受創，而更眞實的目的，恐怕是要讓母親受到恐怖的重創。

令人毛骨悚然的勇氣，使阿登激動得雙手顫抖。自從房門不被反鎖之後，他就沒有動過這個大抽屜。記得三十日那天早上，龍二才剛回家，就偕同母親走入臥室內，將房門緊閉，表演了一連串令人銷魂的鏡頭。阿登當時在房間裡，成功地從頭偷看到尾。不過，在沒鎖門且是大白天裡偸窺予人的高度危險感，使他再也不敢嘗試。

而今，阿登卻懷著詛咒的心情，希望世界來一次小小的變革。倘若自己眞是天才，世界眞是虛妄，他必定有能力證實。這事很簡單，只要在母親和龍二自信身處穩如茶杯的世界中弄出點裂縫就行了。

阿登猛然奔到大抽屜旁，一把抓住拉環，用力往外一拉，讓大抽屜砰然摔在地板上。之後，再豎耳傾聽。隔壁房間沒有應聲而起的跡象，樓梯口也沒有慌忙的足聲。

一切都闃然無聲，所聽見的，只有自己加速的心跳聲。

阿登看看錶，才十點。他突然想到一個怪點子：何不在大抽屜裡唸書？這嘲諷太妙了，再沒有其它方法更能嘲笑大人們的不慎了。

阿登帶著英文單字卡和手電筒鑽進大抽屜。母親可能會被某種靈感引到這兒來，若被她看見自己的怪樣，一定會直覺地發現自己的目的，羞恥心使她火冒三丈，她一定會立刻一把將阿登拖出來，賞以一巴掌。這時候，阿登就像隻可憐的小羔羊，揮揮手中的單字卡，說：

「你爲什麼打我？我在這裡用功呀！因爲，窄小的空間能使我比較專心嘛！」

——想到這兒，沈悶的空氣使他笑得不住咳嗽。

鑽入抽屜後，不安感立刻消除，想到剛才的緊張就暗笑不已。意外的是，在這裡唸書居然特別清醒，過目不忘。這兒是世界的邊緣，它與赤裸的宇宙接壤，是阿登永遠無法背離之處。

他屈著手臂，用手電筒照亮一張張卡片，認真背起單字。

abandon……拋棄、放棄。

這個單字很熟悉，一看就懂。

ability……能力，才能。

這和天才有何差別？

aboard……船上。

又出現了船，他想起了船要出發前，擴音器的聲音在甲板上激盪的景象。還有，巨大的金色汽笛宛如絕望的宣告。……aboard……aboard……懷中的手電筒還亮著，阿登卻不覺沈沈地睡去。

龍二和房子這天拖到很晚才進入寢室，晚餐時已經對阿登宣佈了結婚的事，所以兩人如釋重負，從此他們的人生已進入另一個新階段。

可是上牀時，房子忽然產生了羞恥感。談了太多的正經事，也討論了很多骨肉親情。房子感覺像面對某種神聖不可知的事物，隨著這種奇怪的感覺產生了羞怯心。

房子穿上龍二喜愛的睡衣躺在牀上，平常沒有關燈就上牀，今晚她竟要求龍二把燈全部熄掉。龍二照做後，在一片黑暗中抱住房子。

結束後，房子說：

「我以爲在黑暗中就不會害羞，事實恰好相反，感覺在黑暗裡好像有人在窺視。」

龍二笑她神經質，順便環顧了臥室一周，窗帘遮住了戶外的燈火，環流式瓦斯暖爐放在房間的角落裡，只剩下微弱的藍色火光，乍看之下，彷彿在夜空下的某個遙遠小城，牀角的銅柱發出淡淡的光芒，好像在黑暗中顫抖著。

龍二的視線不經意地落在與隔壁房間爲界的牆板上。牆上有個古色古香的護板，雕刻著波浪形花紋。在一片漆黑中，竟然有道波紋透出一線光芒。

「那是什麼？」龍二不慌不忙地說，「阿登還沒睡啊！這棟房子也夠舊了。明天我得找個東西塞住那個縫。」

房子抬起雪白的粉頸，盯著那一點微光看。她以驚人的速度明白一切，抓住牀邊的睡袍一躍而起，悶不吭聲地套上衣服奪門而出，龍二不知所以地呼叫她，沒有得到回答。

接著，傳來阿登的房門被推開的聲音。一陣沈默後，聽到了房子的哭泣聲。龍二也滑下牀來，但是他不知道是不是該到現場。在黑暗中遲疑片刻後，他伸手扭開檯燈，坐在窗邊的沙發椅上，燃起一根香煙。

阿登忽然覺得有一股好大的力量拉住他的褲子，把他整個人從大抽屜裡拉出來，一剎那間，還不知道發生了什麼事，而母親細柔的手已經像雨點般地打在他臉頰、鼻樑和唇上了，動作快得他眼睛都睜不開。阿登從小到大還沒有被母親這樣子打過。

阿登被拖出來時，不知是母親還是阿登被地板上的抽屜絆了一下，踏翻了抽屜，阿登一腳踩進倒出來的衣堆裡，就那樣半躺在地上，他實在不敢相信母親會有那麼驚人的力量！

阿登躺在那兒，抬頭看著站在面前氣喘不已的母親。

母親穿一件繡著銀色孔雀開屏圖案的咖啡色錦袍，由於下襬張開，使她的下半身顯得特別龐大，好像在威嚇他。逐漸縮小的上半身頂端，是一張喘著氣、悲傷，在一剎那蒼老了的淚臉。天花板上遠遠的燈光在她鬆散的亂髮上打下一層光暈，像是一幅背光所拍的瘋狂照片。

阿登一下子就明白整個狀況，發冷的後腦杓突然升起一個模糊的記憶。記得很久以前，好像也發生過類似的情況，而我也在場。不！那一定是夢中所見，而眼前該是眞實的！

母親開始哭泣，涕泗縱橫地瞪著阿登，嗚咽不淸地叫嚷：

「丟人！丟死人！我兒子怎麼會做出這種丟臉的事？我乾脆死掉算了！告訴我，阿登，你爲什麼要做這種事？」

照阿登剛才的計畫，他應該回答「我在背英文呀。」可是他忽然發現，他已經失去辯解的興趣，而且說什麼都無關緊要了。母親並非誤解，她一向厭惡吸血蟲般的眞實，她大發雷霆的原因，只爲眞實過於迫近，使得她無所遁形。由這種心態看來，阿登與母親已經成爲平等同値的人。這種特有的現象，幾乎可以稱之爲共鳴了！撫著被打得熱辣辣的臉頰，阿登決心要看個淸楚，眼前這原本如此接近的人，如何在一瞬間相距千里之遙。母親的憤怒與悲哀，顯然並非來自發現眞相，她那無地自容的羞恥與悲傷，全是由於某種偏見。既然母親並不在意眞實的解釋，只是任世間的解釋激憤她，那麼，阿登若搬出「我在背英文」這種解釋，又有何意義？

「我管不了你，」過了一會兒，房子以平靜得可怕的聲音說著，「這麼可怕的孩子，我無法管敎，你等著，我去請你爸爸來敎訓你，讓他狠狠地揍你一頓，看你以後還敢不敢做這種事？」

母親說完這番話後還不走，很明顯地是在期待阿登哭泣求饒。

這時房子心情很亂，不知該如何收拾殘局。龍二尚未出現，如果此時阿登哭泣求饒，她就可以控制場面，既可瞞過龍二又可以維護做母親的尊嚴。但是，一定要阿登哭著道歉，愈快愈好。現在她已經搬出了父親做威嚇的手段，就無法暗示這是母子之間的妥協方式。因此，房子除了默默等待外，別無他法。

阿登也默不做聲，他只對已經開始滑行的機器如何抵達終點產生濃厚的興趣。他躲在大抽屜時，就等於置身於自己的世界，置身於海洋與沙漠的邊際。他之所以受到處罰，是因爲他躲在那裡，既然一切的糾紛都發生在那裡，要他重回充滿虛僞妥協的人類世界，把臉伏在溫暖的淚之草坪，他絕對辦不到；爲了去年晚夏，自小洞窺見那光輝的兩性姿影，以及被汽笛襯托得美麗至極的感覺，他發誓絕不做那種屈辱的事。

門被緩緩地推開，出現了龍二的臉。

房子知道自己和阿登都失去機會了，不由得又升起了怒氣。如果龍二始終不露面，或者一開始就與他同時出現，情況可能好些，他卻在最不適當的時機出現，房子一肚子氣，在無法平衡的狀況下，比剛才更爲生氣地望著阿登。

「怎麼一回事？」

龍二緩緩走入房間，問道。

「好好教訓他！爸爸，不打他一頓，恐怕改不了他的髒念頭。這孩子居然躲進抽屜裡偷窺我們的臥室。」

「眞的嗎？阿登。」

龍二的語氣很平和。

阿登仍然坐在地板上，不發一言地點點頭。

「喔……那麼……今天晚上，你是偶而動了好奇心才偷看的吧？」

阿登使勁搖搖頭。

「這麼說，你至少看過一、兩次了？」

阿登又搖搖頭。

「你，一直在看？」

阿登點點頭。房子和龍二不由得對望了一眼。在他們交換眼神的那一刹那，阿登眼前也出現了一個幻想：龍二對陸地生活的夢想、房子堅持的健全家庭，都被陰鷙的閃電擦過，然後轟然崩潰。阿登沈醉於這個幻夢，對自己的想像力太有自信，使得自己幾乎被一股情感淹沒。此時，他熱切地期盼另一個場面出現。

「哦！原來如此。」

龍二無奈地將雙手插進口袋裡，兩條長滿汗毛的腿從衣服下襬露出來，正好站在阿登面前。

現在，龍二被迫要做一個父親該有的決斷。這是他在陸地生活中首次被迫做決斷。來自粗暴海洋的記憶，提醒他對陸地生活應拿出另一套觀念，阻止了他以本能處理事情的衝動。

揮拳揍他一頓當然容易，但是，他還有艱難的未來在等待著。他要有威嚴並受敬愛，要當一個可靠的救難者，每日要核對帳目、……還有，他要理解婦孺莫名其妙的情緒。例如，碰上眼前這種意外，他就必須掌握正確的因果，做一個絕對正確的教育者。……總之，地面上隨時吹著撩人的微風，絕不可當做海上的暴風雨來處理。他在不知不覺間深受海洋感染，了解到海洋的特質，對他而言，已經無法分辨感情的崇高或卑劣，而且他也感到在陸地上不會發生的事，以本質爲主。他愈是想站在現實世界找出一個正確的判斷，就愈發感到這件事的幻想色彩。

首先，他不能聽從房子的話揍阿登，他相信他的寬容在日後一定會獲得房子的感激。

當他存心把大事化小時，才發現世界上果眞有所謂的父愛。本來，他一直認爲這個早熟的孩子不肯打開心扉和他相處，所以他並不是由衷地疼愛這個小孩，甚至還嫌這小孩麻煩。如今，當他揮走了對小孩只有義務的想法時，立即感到自己對他眞的產生了父親般的關愛。這種感情上的變化，連龍二自己也不禁大爲驚訝。

「原來如此！」

龍二再重複一遍，然後蹲下盤腿坐在地板上。

「媽媽也坐下來吧！我想，錯並不全在阿登身上。由於我的介入，使你的生活發生了變化。當然，我也沒錯，不過確實是因我而改變了你的生活。一個中學生，對突然改變的生活發生好奇，是一件很正常的事，只是你不該有這種行爲，這樣做是不對的。希望你從現在開始，把好奇心轉移到功課上，好不好？

至於你所看到的東西，我不想問，也不想說。你已經不是小孩了，那種事在大人之間也經常搬出來說說笑笑，也沒什麼了不起。媽媽也不要生氣了，讓我們把這件事忘掉，同心攜手創造快樂的生活。爸爸明天就把那個小洞塞起來，過段日子，大家自然會淡忘今晚所發生的事。怎麼樣呢？阿登。」

聽了龍二的這番話，阿登幾乎要昏倒！

「想不到曾經那麼耀眼、出色的男人，竟會說出這種話來！」

聽到他所說的每一句話，阿登簡直不敢相信這是出自他的口中，眞想學母親那樣大叫一聲：「眞丟人！」這傢伙說了一大堆不該說的話，用肉麻、卑賤的口氣聒噪不休。即使是世界末日，他也不該說那些骯髒話，像是躲在臭窩裡的喃喃自語，但是，他正滿足於父親的角色，並且相信他自己的處理方式，在那邊囉嗦不停。

「也許他認爲這些話會讓我心滿意足。」

想到這裡阿登就想吐，明天，這個男人卑賤的手，這雙好比假日木匠的手，就將堵塞那曾使他見到人間至美的小洞，永遠地堵住。

「怎麼樣？阿登，你說對不對呢？」

說完後，龍二把手和藹地搭在阿登肩膀上。阿登又冷又小的肩膀很想把那隻手甩掉，卻沒有做出來。他想起首領說的一點也沒錯，這世上果眞有比揍人更惡劣的事。

第六章

應阿登的要求，首領召開緊急會議。六個人放學後集合，一同前往位於外國人公墓下方的市立游泳池。

游泳池附近，有一處長滿巨大橡樹的丘陵，從這個馬背形丘陵走下去，便可到達游泳池。他們在斜坡駐足，從樹林間遠眺外國人墓地的石英墓碑，在冬陽下閃閃發光。

從這兒望過去，兩、三列整整齊齊的石製十字架和墓石背對著他們。墓與墓之間種植著一些墨綠色的蘇鐵，墓碑前供著溫室培育出來的鮮花，在十字架的陰影下，綻放著不合時令的紅黃色彩。

丘陵右側一些外國人公墓的正對面谷底，露出一些人家的屋頂。再往遠方看，就能看到港口的指揮塔，游泳池則在左邊的山谷間。時常空著的看台，是他們常去的會議場所。

巨樹的大根盤踞在地上，像粗大漆黑的血管，彎彎曲曲地伸向遠方。六個人蹦蹦跳跳跨過樹根，沿著一條長滿枯草的小徑直奔山谷。游泳池四周種了許多常磐樹，池底的藍漆斑斑駁駁，一點池水都沒有，取而代之的是一堆堆的枯葉。藍色的鐵梯子，未到水池底就已中斷了。西斜的陽光被屏風般環繞的山峯遮住，池裡顯出一片暮色。

阿登跟在大家後面奔跑，一邊想著剛才看到的那些外國人墓地，背立的墓碑與十字架。若是它們都整整齊齊地朝著另一個方向，那麼我們所在的一邊，該稱做什麼呢？

六個人坐在骯髒的水泥看台上，以首領爲中心圍成一個菱形。阿登默默地從書包裡拿出一本薄薄的筆記本遞給首領。本子上用鮮紅的墨水寫著：塚崎龍二的罪狀。大家都伸長脖子，和首領一起看筆記的內容。這是阿登從日記上抄錄下來的重點，包括昨天晚上的抽屜事件在內，罪狀已多達十八項。

「豈有此理！」首領沈痛地說：「光是第十八項就要算三十五分了。合計……第一項算五分，愈往後愈高分，總分已超過一五〇分。沒想到他的積分會這麼高，這倒得好好考慮了。」

聽首領這麼說，阿登不由得起了一陣輕微的戰慄。

「無藥可救了，是不是？」

「無藥可救了，眞可憐！」

突然間六個人都沈默下來，首領覺得這是缺乏勇氣的表現，他便一邊捏碎手中的枯葉，只留下堅韌的葉梗用指頭折著，一邊說：

「我們六個人都是天才，大家應該知道世界是一片虛空。這些話我說過了好幾次，你們有沒有好好想過？如果還認爲一切事物都對我們很寬容的話，那就太膚淺了。你們必須記住，能夠決定可否的是我們，老師、學校、父親、社會全是一堆垃圾。我們容忍他們並非力量不足之故，而是容許是我們的特權。如果我們懷有一些慈悲心的話，那裡能冷酷地容忍這一切。其實，世界上值得容許的事也不過少數幾件。例如：海啦……」

「還有船。」

阿登補充了一句。

「對，就是那麼少數幾件，如果這少數可被容許的事物背叛我們的話，就像是被自己所養的狗反咬一口一樣，對我們的特權構成極大的侮辱。」

「我們到現在什麼也沒做出來。」

一號插嘴說著。

「我們並不是永遠做不出什麼來」，首領以清明的聲音敏捷地說著，「這個叫塚崎龍二的男人，在我們心中根本毫無價值，但是對三號來講，確曾眞正地存在其心中。至少，他讓三號看到了我常說的『世界內部關聯的光輝』，這是他的功勞。可惜，這麼快就背叛了三號，成爲陸地上最惡劣的東西，扮起父親的角色。這樣做太糟了，比那些沒有功勞或一開始就微不足道的人更可惡！

我說過，這個世界是由單純的符號和決定所構成。這一點龍二自己或許不知道，不過，他確實是符號的一種。至少，依據三號的證言來說，他應該是符號之一。了解我們的義務嗎？滾落的齒輪必須安裝回去，否則就沒有辦法維持世界的秩序。我們既然知道這世界是一片虛空，就要想盡辦法來維持這種空虛。我們就是爲這件事而存在的監護人、執行者。」

接著，他直截了當地說：

「而今沒有別的辦法，只有將他處刑了！這樣的結局對他只有好處。……三號，你還記得嗎？在山下碼頭時，我說過要讓他再一次成爲英雄，而方法只有一種，要不了多久我就會告訴你們，你記得嗎？」

「記得。」

阿登壓著發抖的腿回答著。

「現在，這個時機終於來了。」

五個少年聽到這句話後，互相望著對方，默默無語。他們已經知道，首領要宣佈的事情十分嚴重。

望著暮靄沈沈下的空水池，斑駁的藍色池底上畫著幾條白線，角落裡堆著乾癟的落葉。

游泳池彷彿愈看愈深，令人感到有點恐怖，暮色瀰漫下更顯得高深莫測。想到如果現在跳下去，沒有任何東西來支撐身子，就覺得空蕩蕩的池底充滿一股緊張的氣氛。夏日那接受泳者身體、支撐泳者身體的一池溫柔的水已不復見，剩下的只是紀念碑般空空蕩蕩的池子。藍色鐵梯在池壁中段突然被切斷，離池底還有好長一段距離。

……

這個世界，究竟有什麼東西可以支撐住我們的身子！

「明天下午兩點就放學了，我們想辦法把那個傢伙引出來，然後把他帶到大家常去的杉田乾船塢。三號，技巧地把他騙出來，這就是你的任務。

至於每個人應該帶的東西，我現在就詳細地說明，你們不要忘了。我負責帶安眠藥和小刀，那麼强壯的傢伙，不讓他睡覺不好處理。我家有德國製的安眠藥，普通人的份量是一顆~三顆，只要讓他吞下七顆，保證可以擺平他。我會把藥磨成粉末，使它容易溶在紅茶裡。

一號，你帶登山用的痲繩，大約五公厘粗的，每條長一・八公尺，一、二、三、四……好吧，就帶五條好了。

二號，你用保溫瓶裝滿紅茶，藏在書包裡帶來。

三號，你只要負責把他誘騙出來，其他什麼也不必準備。

四號，你帶砂糖、湯匙和我們幾個人喝的紙杯，另外給那個傢伙準備一個染色的塑膠杯。

五號，帶蒙眼睛用的布條和塞嘴巴的毛巾。

還有，你們各自帶著喜歡的刀子來，錐子也可以。

至於下手要領，上次殺過貓，跟對付人的過程差不多完全一樣。放心，他只是比貓大一點，還有，可能發出比貓臭點的氣味。」

大家都不說話，視線同時都落在空蕩蕩的池底。

「一號，你怕嗎？」

一號費力地搖搖頭。

「二號，你呢？」

二號好像突然身子一寒，趕緊把兩手插進外套口袋裡。

「三號，你怎麼樣？」

阿登喘了一口氣，好像嘴裡被塞滿了枯草，喉嚨發乾得說不出話來。

「哼！我就知道，你們平常都是大言不慚，一旦到了緊要關頭，又變得縮頭縮尾。爲了讓你們安心，我特地帶這個來。」

說著，他從自己的書包裡拿出一本橙色封面的六法全書，巧妙地翻到他要唸的那一頁。

「我要唸了，大家仔細聽著。

刑法第四十一條：未滿十四歲者，其行爲不予處罰。我再大聲唸一次：未滿十四歲者，其行爲不予處罰。」

他把六法全書的那一頁，遞給五位少年輪流觀看。接著說：「這就是我們的父親，以及他們相信的虛構社會，爲我們所訂下的法律。關於這一點，我覺得應該感謝他們。由此可見，大人們對我們存著夢想，也代表了他們未曾實現的夢。他們訂定了法律來束縛自己，對我們卻不起任何作用，因此，讓我們窺視到一小片藍天，享受到絕對自由的天空。這是大人們創造出來的童話，一個無比危險的童話，眞是荒謬！在他們眼中，我們是可愛、柔弱、不懂事、不知什麼叫罪惡的兒童。」

我們這夥人當中，到下個月滿十四歲的只有我和一號、三號。其餘三個，到三月也要滿十四歲了。好好想一想，對我們六個人而言，這是最後一次機會。」

首領瞄了一下大家的臉色，看出大家緊繃的臉頰都緩和了不少，眼中的懼色也沖淡了許多。眞沒料到，原來我們受到虛構社會如此優厚的待遇，受到敵人萬全的保護。

阿登仰視天空。藍藍的天空已經籠罩在一片朦朧暮色裏，如果龍二在英雄式的痛苦中死去時，看到這片神聖的天空一定極爲欣慰，讓他蒙上眼睛就太可惜了。

「這是最後一次機會。」首領再重複一遍，「一旦錯過這次機會，我們便應醒悟，除非以生命交換，否則我們再也無法執行由至高無上的人類自由下達的命令，再也不能做這些足以填補世界空虛的事。我們是死刑的執行者，若是賠上性命去做的話，根本不合理。

喪失了這個機會，那麼，我們這一生再也無法以行爲證明人類的自由。日後我們將陷入造謠、逢迎、聽話、妥協、恐懼之中，重覆過著膽戰心驚的生活。我們還要隨時注意左鄰右舍的動靜，像老鼠般地終其一生。然後結婚、生子、變成醜惡的父親族。

需要血，人類的血，要不然這個空虛的世界將變得蒼白而枯萎。我們必須擠出那男人充滿活力的鮮血，把血液輸給漸漸邁向死亡的宇宙、行將就木的天空、正走向盡頭的森林以及已走進死亡的大地。

現在，就是現在！乾船塢周圍，壓路機正忙著軋平路面，再過一個月工程就要結束了。屆時船塢裡都是人，一切都成往事。何況我們快要滿十四歲了，再也沒有任何的機會。」

首領仰頭望著常磐樹梢外如水的天空，說：

「明天應該是個好天氣吧！」

第七章

一月二十二日上午，房子和龍二一起前往市政府拜會橫濱市長，邀請他擔任婚禮的介紹人，市長欣然答應。

離開市政府，回程中他們又到伊勢佐木町的百貨公司交待印喜帖的事。喜宴訂在新格蘭飯店，已預約好了。

吃過午飯，他們才回到店裡。

到了下午，龍二爲了早上提過的事而早退。早上龍二向房子提起，高島碼頭有艘貨輪靠岸，船上的大副是他在海事學校時的同學，龍二打算和老同學見見面，而對方只有今天下午有空。

龍二說，他不想穿著筆挺的英國料西裝去找老同學，因爲他不願在舉行婚禮之前，向老友誇示自己環境上的變化。因此他想先回家一趟，恢復船員的裝束。

「你不至於上了船就一去不回吧！」

房子送他出門時，說了句玩笑話。

——昨天晚上，阿登請龍二到他房裡教他做習題時，說了這些話。今天，龍二所說的話，都是忠實的照阿登昨夜的拜託而說。

「我的朋友很想聽爸爸說航海的故事，明天下午二點放學後，他們會到游泳池上方的山丘上集合等我們。他們都要聽你航海的事，拜託你一定要去。你還是打扮成船員，戴水手帽去比較好。不過，你千萬別告訴媽媽，就跟他說要到船上找個朋友，然後從店裡溜出來。」

這是阿登首次向龍二表示親熱，向他推心置腹地要求幫忙。爲了盡一個父親的義務，也爲了不辜負少年的信賴，龍二便一口答應。縱使房子以後知道這件事，也會一笑置之。所以，龍二就向房子編了一個好藉口，從店裡提早離去。

下午二點，龍二坐在游泳池上方的一棵橡樹根上等候，少年們果然出現了，其中有個聰敏出衆、剃著新月眉的紅唇少年，彬彬有禮地爲他應邀前來表示感謝：

「這裡風大，乾脆到我們常去的乾船塢去，好好地聊個痛快。」

龍二心想，只是在碼頭附近，也就答應了。少年們立刻搶走龍二的水手帽，嘻嘻哈哈地輪流戴著玩。

冬日午後的陽光，沈穩地普照大地。陽光照不到的陰影處仍有些寒意，但在薄雲輕掩的陽光下，卻暖得可以不穿外套。龍二將短外套掛在腕上，身穿灰色套頭毛衣，頭戴水手帽。阿登等六個少年手提背包，忽前忽後地在他身旁叫鬧。和同年紀的少年一比，他們的個子略矮，龍二覺得他們這一夥好似六艘拖船，正努力地拖著一艘貨輪前進。他並未發現少年們的笑鬧中，蟄伏著一股狂熱的不安。

新月眉少年告訴龍二，他們要搭一段市營電車。龍二雖然有些吃驚，還是跟著他們走。他知道這個年紀的少年都很重視故事背景，不值一怪。車抵橫濱南郊的磯子區，終點站是杉田。車行許久，他們始終沒有想要下車的跡象。

「到底要去哪裡呀？」

龍二好奇地問了幾次。他認爲既然同意陪他們，只好奉陪到底，再怎樣都不能露出不愉快的表情。

一路上，他很小心地觀察阿登的表情。平常，阿登總是目光銳利，像是不斷盤問著什麼。現在，那種眼神已經不復見，愉快地與同伴有說有笑。看著看著，阿登與其他少年都變成模糊一片；冬陽透窗而入，在虹色的光影中，只見無數塵埃微粒旋轉飛舞，阿登與其他少年的臉也混在一起，無法分辨誰是誰。眞是意外，一個有偷窺怪癖的少年，一個與他人截然不同的孤獨少年，也有如此歡樂的一面。

看著阿登興奮的樣子，龍二覺得他撥出這半天時間，還打扮成原來模樣陪他們，也算值得；以一位父親的道德教育立場而言，也是正確的。一般報章雜誌上也有這種論調。這次的遠行是由阿登主動提出，正是千載難逢的機會。經過這次心靈的溝通，原本陌路的父子，便可以建立起即使有血緣的親子也無法企及的信賴情感。以阿登的年齡而言，將他想成是龍二在二十歲時生的孩子，倒是十分貼切。

在終站杉田下車後，少年們便拖著龍二往山上跑。龍二覺得很奇怪：

「喂！乾船塢在山上嗎？」

「是呀！在東京，地下鐵還在人們頭上走呢！」

「對，眞洩氣。」

龍二裝出一副困窘的樣子，使得少年們又嘻嘻哈哈取笑他。

大家沿著青砥山進入金澤區。他們經過一個佈滿電力絕緣體和交叉電線的發電所，又通過了富岡隧道，只見右方是沿山路鋪設的京濱特快鐵路，左方則是分區出售的新開發山坡地。

「快到了，穿過那片山坡地就到了。這一帶以前是美軍的軍事用地。」

那個看來頗有領袖氣派的少年，一邊帶頭往前走，一邊說明著，口氣比剛才粗魯。

斜坡的分售地已經整理得差不多了，邊坡、道路都已完成，還有幾棟房子正在建築中，龍二被六個少年夾在中間，走上坡道。

快接近山頂時，坡道忽然消失，出現一些雜草叢生的梯形草坪，簡直像在變魔術。從山下看上來時，誰也想不到這麼一條筆直整齊的路，會一下子消失在亂草中。

四周靜悄悄地，山丘的另一側傳來挖土機操作的聲音，富岡隧道來往的汽車聲隱隱傳來，遼闊的原野上沒有半個人影，只有機器的聲音迴響著，使明朗的景色籠罩上一層濃濃的寂寞感。

枯草地上釘著許多樁子，那些樁子都已半朽。

走過草地，有一條滿是落葉的小路，這條小路一直通到山頂。右邊有一大堆生銹的大油桶，讓鐵絲網覆蓋著埋在草裡。一支傾斜的告示牌立在路旁，寫著英文的鐵皮公告，已經剝落得生滿紅銹。龍二停下來讀著內容：

U.S. FORCES INSTALLATION
UNAUTHORIZED ENTRY IS PROHIBITED

AND IS PUNISHABLE UNDER JAPANESE LAW……

「PUNISHABLE是什麼意思呢？」

少年首領問道。龍二直覺地不喜歡這個小孩，他說話時眼中閃過的光芒，給人一種明知故問的感覺。但是，龍二還是裝出和藹親切的笑容，回答著：

「就是處罰呀！」

「哦，現在它不是美軍用地，我們在這裡做什麼都可以啊！」少年說完，馬上對這件事失去興趣，就像放掉手的汽球，任由它飛去。

「這兒就到頂了。」

小路已到盡頭，龍二不禁瞪大了眼睛，望著眼前豁然開朗的廣闊景色。

「哇！你們怎麼找到這個好地方的？」

站在山上，可以遙望東北海面，足下左方的山崖被削成一片紅土的斜面，幾輛挖土機正在操作中，傾土車也在運土。從山上望去，車子的身影小得可憐，但它的吼聲卻在空氣中造成一股震撼。再向下看，是工業試驗所和航空公司整齊的灰色屋頂，還有沈浸在陽光下的指揮中心前院及車道旁的小松樹。

附近有一座工廠，周遭環繞著許多簡陋的鄉下房子。稀薄的陽光將零落參差的屋頂照得高低分明，工廠建築物的影子也整整齊齊在地上形成一列，在輕煙飄忽的景致中，有些貝殼般的光影閃動，那是汽車車窗的反光。

愈靠近海，景物的遠近感就壓縮得愈厲害，加深了它蕭瑟孤寂的錯綜感。空地裡棄置著一堆生銹的機械，旁邊有一輛半仰著頭的起重機。海邊、防波堤的積石潔白如玉，塡土工程正在進行，盡頭處停著一艘油漆斑駁的綠色挖泥船，正冒著黑煙。

龍二對海有一種久違的感覺。從房子的寢室也可以望見海，但是在這段日子裡，他一直沒有到窗邊去看海。一朵珍珠色的雲飄浮在天邊，爲春意尚遙的紫色海面投下一抹淡白，增添了幾分寒意。此外，不見任何雲朵的蹤跡。午後三時的天空，愈接近天際顏色愈淡，如同一種勉强的藍。

而海則不然。它從骯髒的海岸，挾著大量汚水向海上延伸，岸邊不見船影，遠處有幾艘貨輪移動。雖然有一段距離，但是還是可以看出都是三千噸級的舊船。

「我坐的船才不是那種小玩意。」

龍二說道。

「是一萬噸級的。」

好一陣子不說話的阿登應聲說道。

「到這邊來吧！」

那位領袖拉著龍二手上的外套說。

一行人從落葉掩覆的小路往下走。這一帶奇蹟似地殘留著大自然的風采。附近的景觀都被破壞無遺，唯有這裡還保留著山上的原貌。

西邊是林木蓊鬱的山頂，東邊一叢冬木遮擋了海風的侵襲，掩護著這一片由幾層斜面連成的自然樂士。往前走去，有一塊零亂的菜圃。小徑周圍的灌木披戴著一身枯草，其中竟然掛著一顆乾巴巴的紅色烏瓜。西邊斜射進來的陽光，被擋在乾枯的竹葉梢搖動，使得這一帶有些陰暗。

龍二想起小時候也有過這種發現新大陸的經驗，但是他不得不佩服這羣小鬼，竟能找到如此稀有的隱蔽場所。

「是誰發現這個地方的？」

「我，我家住在杉田，每天上學經過這一帶就發現了。然後我就告訴大家。」

答話的少年，一路上幾乎不曾和龍二說過話。

「乾船塢又在那裡呢？」

「這裡。」

首領站在山崖下的一個小洞穴前，指著那裡笑著說。龍二覺得他的微笑好像纖細的玻璃藝術品，不但易碎而且充滿危險性。龍二也不知道這種感覺從那裡來，少年似乎也察覺了龍二正注視著他，於是，輕盈地移動如小魚般滑溜的視線，避開了對方的眼光，繼續說明：

「這就是我們的乾船塢，在山上的乾船塢。我們在這裡修理壞掉的船，或者乾脆拆掉重造。」

「哦，把船拖到這麼遠的地方來，不累嗎？」

「這個簡單，一點也不成問題。」

少年再度露出他那過份美麗的微笑。

七個人在洞穴前的草地上坐下，陰涼處還是相當冷，從海上吹過來的微風，也變得凍澈骨髓。龍二穿上短外套，盤腿坐了下來。才剛坐好，挖土機和傾土車的馬達聲又轟隆隆地傳入耳膜。

「你們之中，有人坐過大船嗎？」

龍二努力地裝出愉快的表情。

少年們彼此相望，誰也沒出聲。

「要說航海故事，首先要談到暈船。」龍二開始對一羣沒有反應的聽衆說起來。「上船之後，大部分的人都難逃暈船的滋味。有些人只走了一趟，因爲受不了暈船的痛苦，就辭職不幹了。船愈大，搖動和震盪愈厲害。再加上船上特有的油漆味、油煙味、廚房氣味……」

龍二發現少年們對這個話題沒有興趣，只好唱起歌來……

「喂，你們聽過這首歌嗎？——」

汽笛聲響，彩帶斷，

船已離港，

我是眞正的海上男兒，

向逐漸遠去的碼頭街市，

悄悄地、悄悄地揮手告別。

少年們互相拉來扯去，笑成一堆。阿登羞愧不堪，猛然站起來，一把抓走龍二頭上的水手帽，獨自走到一旁玩著，再也不聽他說話。

帽子上的那個大徽章，是一個以細緻金絲捲繞的錨，以錨爲中心，兩側環著金絲繡成的月桂樹葉，樹葉中還夾著一些銀絲繡成的果實，從左右重疊擁在一起。徽章上下方各有一條金絲搓成的飾線，如繩索般地纏繞。在午後天色的輝映下，黑色的帽簷泛出憂鬱的光澤。

這頂帽子，確實曾頂著夏日的夕陽乘風破浪遠去。它是別離與未知的輝煌象徵，它的遠去解決了存在的束縛，它是傲然擧向永恆的火炬。

「我還記第一次航海，是到香港……」

龍二改變話題，發現少年們似乎產生了興趣。

他說了一些第一次航海時的各種體驗、失敗、困惑、憧憬與不安。也談到航行世界各地時，發生的各種小插曲。有一次，停泊在蘇伊士運河入口處的蘇伊士港時，被人偸走了一條繫船用的大纜繩，居然無人察覺到。在亞歷山大港，一個諳日語的海關人員和當地港口的人勾結，向船員們强迫推銷各種下流用品。（基於教育立場，龍二沒有說出說出那些用品的名稱。）

又有一次，在澳大利亞的新坎士路港裝了煤炭，馬上運往雪梨。爲了準備下一個港口的裝卸作業，大家忙得團團轉才把船艙收拾好，雖然航行才花四個鐘頭。那種忙亂的情形，沒有親身體驗根本無法想像。不定期的貨船，大多載些原料或原礦之類的東西，因此在南美航線上偶而遇見轄屬聯合水果公司的漂亮貨輪時，就會不自覺地望著對方堆積在甲板上的水果嘸口水，彷彿有一陣濃郁的水果香，正隨著海風飄過來……

——說到一半時，龍二注意到那位首領已經脫下皮手套，換上一付長及手肘的橡皮手套。少年神經質地將手指重複地交叉好幾次，好像要確定橡皮手套是否牢牢地貼在手指上。

龍二看在眼裡，卻沒有把它放在心上，他覺得那只是過分聰明的學生在教室裡枯坐時的無聊動作而已，沒有其他意思。

龍二說著，不覺地觸發了海上的回憶，轉頭望著那藍色的水平線。海上有一艘貨輪，拖著長長的黑煙，在水平線上逐漸向遠方駛去。龍二忽然覺得自己應該在那艘船上。

與少年們的交談中，龍二已了解自己在阿登心目中的形象。「我，本來可以做個永遠在遠方的人。」海上生活會令他厭倦不已，但是等到要眞正放棄時，又感覺到它的美好。

隱藏在海潮中的熱情、海嘯的怒號、浪濤破裂的挫折……還有那未知的榮譽，自幽暗的海上不斷呼喚他，再加上死亡與女人混合在一起，使他的生命異於常人，二十歲時的他固執地相信，世界黑暗深淵的最深處有一點光芒存在，只爲了照亮他而存在。

在他的夢想中，榮譽、死亡與女人，一直是三位一體。可是當他獲得女人時，剩下的兩者卻隨著海浪遁形於汪洋中，不再以巨鯨般的悲壯怒吼呼喚他的名字。龍二覺得，那些曾經被自己拋棄的東西，現在卻反過來拒絕他了。

雖然，像爐火般燃燒的世界一直不屬於他，但是在令人懷念的熱帶椰子樹下，他仍然可以讓陽光緊緊地貼在胸肌上。感受到如尖銳牙齒般的啃嚙。而今，他只能面對爐火的餘燼，過著平靜、單調的生活。

他已經被危險的死亡所拒絕，榮譽更不用說了。感情的陶醉、心碎的悲哀、愉悅的別離、代表南方太陽的大義呼聲、女人堅强的眼淚、徘徊胸中的憧憬、逼使自己極力追求男子氣概的沈重魅力。……總之，這一切都已經結束了。

「要不要喝紅茶？」

首領清脆高亢的聲音在背後響起。

「啊！好。」

龍二正沈湎於回憶中，隨口應了一聲。

他又回想起許多停泊過的島嶼：南太平洋上法屬馬爾薩斯島、新喀里尼西亞島、馬來西亞附屬的各個小島，還有西印度羣島上的許多小國家。

龍二心中突然湧起了灼熱的憂愁與倦怠感，他想起了禿鷹、鸚鵡與四處林立的椰子樹！大王椰子、孔雀椰子。死亡從海洋的輝煌裡，像亂雲般地擁過來。恍恍惚惚中，他幻想著衆所矚目、壯烈無比的莊嚴死亡，而對自己來講，恐怕已經失去機會了。若說世界是爲了這種充滿光輝的死亡而存在，那麼，也會爲了這一切而滅亡。

想想環礁中像血一樣溫暖的海潮、似黃銅喇叭在天際咆哮的熱帶太陽、五彩繽紛的海、鯊魚。……

回憶愈來愈多，龍二覺得有些後悔。

「喂，紅茶！」

站在背後的阿登，把一個褐色的塑膠杯遞到他臉頰附近，龍二心不在焉地接過來。可能是因爲天冷，他發現阿登的手在發抖。

龍二依然沈浸在夢想中，接過這杯紅茶後一飲而盡。喝下去後，覺得口中泛起苦澀的味道。

衆所皆知，榮譽的味道原是苦的。

解說

田中美代子

「首領」說：「世界是由單純的記號和決定所組成的」，所謂的「單純的記號與決定」到底是什麼意思呢？

一般人總認爲小說的形式很自由，這是否說明了小說是由失落了世界的「單純記號和決定」而開始的呢？若是如此，失去資格的故事作者——作爲現代小說的作者，企圖爲他所寫的故事而從事收復失地的情況，也就理所當然了。

本書的故事令人聯想起一般的大眾小說，或某個故事的情節。作者特意在書中插入一段流行歌曲，並强調港口、船員、女人、離別等老套的故事原型，首先設定大眾夢想的所在，與人們懷抱通俗夢境的船員故事。

我們來聽聽龍二喜歡的那首輝煌感傷的流行歌吧！對於龍二所懷有的憧憬，作者說是「這種感傷夢或許是流行歌曲的誇張」而予以隱蔽，但是其中所包含的眞實抒情感，最有同感的當然是作者，因此，喜歡做夢的讀者，可以跟作者一起來嘲笑那些想像力貧乏的高級知識分子，以及輕視流行歌曲而故作姿態的成人。以上就是主題的第一部份。

第二個主題是圍繞第一主題的一羣少年，他們扮演了注視第一主題發展的角色。因此，《午後曳航》具備雙重的故事結構，也就是故事套著故事。

第一主題由大衆化小說變化來而瀕臨危機，不過故事不以離別的淚水來告一段落，仍然繼續發展，誠實的船員平安無事地回來，要和女方結婚，這便是我們習見的情節故事，但是並沒有加上幸福及日常生活的惰性，接下去是冗長而無聊的家庭戲劇危機的來臨。

過去有著海洋光輝歷史的男人，居然成爲一個穿著「咖啡色格子睡袍」閱讀「商店經營實務」的父親。少年們眼中的醜惡父親，也就是放棄了「大義」和「死與光榮」這個目標的男人。這些被去勢的男人，執著於要過好日子，而把在地上所有的惡德與汚穢，通通攬到自己身上，但是時間並不寬恕他，而對男人來說，女人的存在常被視爲幸福所設限的陷阱，實在是頗爲諷刺的地方。

小說中，作者清醒而苦澀的認識，以及夢想與現實的誤差經常出現。龍二爲了追求女人，雖然心中充滿詩意，但是口中道出的卻是自己貧苦的出身，以及船上廚房的印象，結果唱出流行歌曲來彌補自己的笨拙。他會尋思怎麼去表達自己所憧憬的眞相，有時藉著海洋，有時以大義爲題，有時又以熱帶的太陽來表現，只是，他對實態也難以掌握。

夢想家終於徹悟了所謂「夢想的生活」是爲了「夢想」而存在，而不是爲了「生活」而存在的事實，所以只好自動掉進圈套裡。

「另一方面，龍二在此次航海的歸途上，發現自己對枯燥、艱苦的船員生活頗感厭倦，長久的飄洋過海，他相信自己已嘗盡海上生活的滋味，不再有任何不曾有過的經歷，結果呢？榮譽根本不存在！不管在世界上的那個角落，都不存在。不在北半球，不在南半球，更不在船員們憧憬的南十字星空下！」

但是，這個逐漸失去資格的夢想家，從出乎意料的轉變中得到解救，第二個主題，是一個含有改正性質的故事。

少年們從這位登陸陸地的二副身上，預測到「他們共通夢想的結果，以及令人厭煩的未來」，於是他們串通將他們自己未來的展望處以極刑。

這對父子不正是作者的兩種面貌嗎？兒子讓父親服下了安眠藥，使他長睡不醒。

這眞是一羣「可怕的孩子」，但是，那些「虛僞奉承，背後卻中傷妥協，每天提心吊膽、戰戰兢兢地顧慮鄰居過一生」的人們，不知道自己就是斷送了少年夢與純潔的凶手。少年們或許不是加害者！他們所犯的罪行，即是被世人遺棄的哀悽絕望與靈魂的抗議。

「沒有上鎖的房間使阿登感到不安，他豎起睡衣的衣領，渾身發抖。他們要開始教育我了。恐怖而具有破壞性的教育。也就是說，他們打算强迫一個將滿十四歲的少年『成長』。按照首領的說法，成長就是腐敗。阿登腦袋熱得發脹，甚至想到了一個不可能的主意：到底有什麼辦法能讓我待在屋裡，而由另外一個我走到門外，把門反鎖起來呢？」

一般說來，社會總不承認對自己不利的原理，同時亦不容許它存在！可是小孩的世界反是容易被人遺忘的危險領域。

讀者看到邀集夥伴而發表高深哲學理論的十三歲少年，應說不會存在於現實的社會中，這只是由作者扼殺的孩子亡靈所指使，作者像是在危機來臨時發出信號，像泰山召來大象或天方夜譚中的阿拉丁神燈，期待讓孩子充分發揮「孩子的特質」，而把心理的祕密王國擴大，用野蠻、殘忍、僞裝及狡滑來反擊大人的世界。這是作者對社會時代，及自然復仇的惡意儀式。把握「世界的內在關聯」和具有「把零亂的現實材料堆積場，忽然變爲一座宮殿的力量」的少年們，正是面對喪失脈絡的現實，而在此將統一的世界像復原的一股力量。所謂「世界的單純與記號的決定」，是否源於這宮殿門扉的鑰匙呢？

這裡有著青春的動亂，以及接續而來的和平時代、成長的腐敗、被破壞的故事比喻。通俗劇及童話攜手，彈劾近代小說的狂亂。近代小說的缺乏原則性，是否表示衆人在現實的困惑中，已經無法理解那些作爲生命象徵形式的故事，也失落了看出「世界內部關聯」的眼光。況且，人們對寫實主義文學有著不可救藥的痴迷，一直固執於寫實主義的話，那任何小說當然不及於現實那麼現實，我們與其想在已經過濾危險的文學安全的柵欄裡觀看現實，還不如直接參與現實。現代愛好小說的讀者，把任何小說當做翻譯小說一樣來閱讀，企圖超越文章而直接讀出其思想及內容，這也是一種矛盾的心理嗎？

文體自身理應持續蠶食危險的視線，危險的視線是由這類孤獨的視線所構成，也是作者赤裸裸的心靈自傳之隱藏處。

對以上這種將小說分解成以簡單的象徵與骨架之方式，聰明的讀者或許會感到不滿，不過，若反過來想一想，對有毒的現實，利用簡潔的記號或圖式來表示，不正是現代社會的普遍作法嗎？

本作品於昭和三十八年九月，以長篇小說形式，由講談社出版。

三島由紀夫年譜

一九二五年（大正十四年）　一歲

一月十四日生於東京市四谷區永住町二番地。本名平岡公威，為家中長子，下有弟妹各一。父名平岡梓，曾任農林省水產局局長；母名倭文重。幼年專受祖母（夏子）的照顧，體弱多病。

一九三一年（昭和六年）　六歲

四月，入學習院初等科就讀。自此起，對詩歌、俳句開始感興趣，並喜歡小川未明、鈴木三重吉等人的童話故事、冒險小說及少年文學。

一九三七年（昭和十二年）　十二歲

四月，入學習院中等科文藝部就讀。離開祖母回到雙親住所——澀谷區大山町十五番地，每日通學。

一九三八年（昭和十三年）　十三歲

三月，在學習院「輔仁會」雜誌上發表處女短篇小說《座禪的故事》及《酸模——秋彥兒時的回憶》。

一九四〇年（昭和十五年）　十五歲

二月起，以平岡青城為筆名，逐月向「山梔」投稿，發表詩歌、俳句。十一月，在「輔仁會」雜誌發表《彩繪玻璃》。又，師事川路柳虹學詩，將所寫之詩編成《十五歲詩集》。

一九四一年（昭和十六年） 十六歲

九月，在文學老師清水文雄推薦下，於文學雜誌「文藝文化」連載短篇小說《繁花盛開的森林》（十二月完結）。此時，得自清水文雄的筆名「三島由紀夫」首次公開於世。並自此與「文藝文化」的同人蓮田善明、清水文雄等保持文學上的往來，深受日本浪漫派思想的影響。

一九四二年（昭和十七年） 十七歲

三月，以第二名的成績畢業於學習院中等科。四月，進入高等科文科乙類（德語）深造，成爲文藝部的一員，後來當上委員長。七月，與東文彥、德川義恭合辦同人雜誌「赤繪」（自第二號停刊），發表作品《苧菟與瑪耶》。其後並在「文藝文化」揭載處女評論《古今季節》。

一九四三年（昭和十八年） 十八歲

三月，在「文藝文化」上連載長篇小說《留給後世》（十月完結）。此時期常在「文藝文化」等雜誌上發表隨筆等作品。

一九四四年（昭和十九年） 十九歲

在舞鶴海軍機校參加暑期訓練，並被徵召到沼津海軍工廠義務勞動。八月，於「文藝文化」連載《夜車》（本作品後改名爲《中世紀一個殺人者遺留下來的哲學日記精華》；即《中世》）。九月，以第一名的成績畢業於學習院高等科，並得天皇敕贈銀錶。十月，考進東京帝國大學法學部法律系；被徵召到羣馬縣中島飛機工廠義務勞動。十一月，由七丈書院出版處女小說集《繁花盛開的森林》。

一九四五年（昭和二十年）　二十歲

二月，兵役體檢列爲乙等體位，但入伍後由於軍醫誤診，即日被遣回東京。六月，在「文藝」發表《艾斯貝之狩》。八月，在神奈川縣海軍高座工廠義務勞動中撰寫《海岬的故事》時，戰爭結束。十月，其妹美津子去世。

一九四六年（昭和二十一年）　二十一歲

六月，經由川端康成的推介，在「人間」發表短篇小說《煙草》，正式邁入文壇。與太宰治締交。十二月，出席蓮田善明的追悼式，並獻詩。

一九四七年（昭和二十二年）　二十二歲

四月，在「羣像」發表《輕王子與依通公主》。八月，在「人間」發表《爲夜作準備》。十一月，自東大法律系畢業；由櫻井書店出版《海岬的故事》。十二月，高等文官考試及格，任職於大藏省銀行局；在「人間」別冊中發表《春子》。

一九四八年（昭和二十三年） 二十三歲

一月，於「進路」發表《馬戲團》。三月，在「人間」發表《病篤者的凶器》。四月，於「丹頂」發表《殉教》。五月，在「世界文學」發表《德爾吉爾伯爵的舞會》。七月，加入「近代文學」組織。九月，爲專心從事文學創作，辭去大藏省職務。十一月，在「人間」發表劇本處女作《火宅》；由眞光社出版長篇新作《盜賊》。十二月，於「序曲」（創刊號）發表《獅子》，並由鎌倉文庫出版《爲夜作準備》。

一九四九年（昭和二十四年） 二十四歲

一月，在「新潮」發表《大臣》；在「羣像」發表《愛的負荷》；在「風雪」發表《關於毒藥對社會的功用》。二月，在「文藝春秋」別册發表《魔羣的通過》；在「近代文學」發表《川端康成論之一方法》；由講談社出版短篇集《寶石買賣》。七月，由河出書房出版長篇小說《假面的告白》。八月，由同（河出）書房出版短篇集《魔羣的通過》。十月，在「羣像」發表劇本《尼奧貝》。

一九五〇年（昭和二十五年） 二十五歲

一月，在「新潮」發表《果實》；在「文學界」發表《鴛鴦》。四月，在「改造文藝」

發表《奧斯卡・王爾德論》。五月，由作品社出版短篇集《燈台》。六月，分別由新潮社及改造社出版長篇《愛的飢渴》及短篇集《怪物》。七月，於「新潮」連載《青的時代》（十二月完結）。八月，遷居目黑區綠丘二三二三番地；於「文藝春秋」別冊發表《遠乘會》。十月，於「人間」發表劇本《邯鄲》。十一月，在「羣像」上發表《武藏野夫人》。十二月，分別由新潮社及中央公論社出版《青的時代》及《純白的夜》。

一九五一年（昭和二十六年）二十六歲

一月，在「中央公論」發表劇本《綾之鼓》；在「羣像」發表《禁色》第一部（十月連載完結）。四月，由目黑書店出版《聖女》。五月，在「文學界」發表《翼》。六月，於「中央公論——文藝特集號」上發表《批評家是否了解小說》；由要書房出版首部評論集《狩獵與獵物》。七月，由新潮社出版短篇集《遠乘會》。九月，《谷崎潤一郎》被收錄在筑摩版「文學講座」㈠中。十一月，由新潮社出版《禁色》第一部。十二月，在「文藝春秋」別冊發表《離宮之松》；由朝日新聞社出版《夏子的冒險》。十二月二十四日由橫濱啓程環遊歐美各國，足跡遍及南美、巴黎、倫敦、希臘等地。至次年五月返國。

一九五二年（昭和二十七年） 二十七歲

一月，於「羣像」發表劇本《卒塔婆小町》；於「文藝春秋」發表《塡字遊戲》。八月，於「文學界」發表《禁色》第二部《秘藥》（次年八月完結）。十月，於「新潮」發表《仲夏之死》；由朝日新聞社出版遊記《河波羅之杯》。十二月，在「文藝」發表《美神》。年底參加吉田健一、大岡昇平、福田恒存共同組織的《鉢之木會》。

一九五三年（昭和二十八年） 二十八歲

二月，由創元社出版《仲夏之死》。三月，由朝日新聞社出版長篇小說《日本製》。五月，在「羣像」發表《卵》。六月，在「新潮」發表《旅之墓誌銘》；在「中央公論」發表《緊急煞車》。七月，在「祖國」發表《悼尹京靜雄》；由講談社出版劇本《夜之向日葵》；由新潮社出版《三島由紀夫作品集》（全六卷）。八月，在「羣像」發表《姜・朱涅論》。九月，在「改造」發表《火花》；由新潮社出版《禁色》第二部《秘藥》。十月，由未來社出版《綾之鼓》。

一九五四年（昭和二十九年） 二十九歲

一月，在「新潮」發表劇本《葵之上》。六月，由新潮社出版長篇小說《潮騷》。八月，於「文藝春秋」別冊發表《復讐》；於「文學界」發表《作詩的少年》。九月，由新潮社出版《戀之都》。十月，於「文藝春秋」發表《志賀寺上人之戀》；於「文學界」發表《法西斯主義是否存在》；由新潮社出版短篇集《上鎖的房間》。十一月，在「世界」發表《水音》；由河出書房及新潮社分別出版《文學的人生論》及劇本《清醒吧！年輕人》；榮任「新潮」雜誌獎評審委員。十二月，在「文藝」（增刊號）發表《關於芥川龍之介》；《潮騷》榮獲第一屆新潮社文學獎。

一九五五年（昭和三十年）　三十歲

一月，在「羣像」發表《海與夕暉》；在「新潮」發表劇本《班女》；在「中央公論」發表《悲沈的瀑布》（四月完結）。三月，於「文藝文化」發表《新聞紙》。四月，由中央公論社出版《悲沈的瀑布》。六月，於「文藝」發表《藝術是否需要愛》；由文藝春秋新社出版長篇小說《女神》。七月，於「文藝文化」發表《牡丹》；由新潮社出版作品集《拉狄格之死》。八月，於「新潮」發表《從末日感出發——昭和二十年的自畫像》。在自宅開始從事健身運動。九月，於「文藝文化」發表劇本《白蟻之巢》。十一月，由講談社出版《小說家的休假》。十二月，《白蟻之巢》榮獲第二屆岸田戲劇獎。

一九五六年（昭和三十一年）　三十一歲

一月，於「新潮」發表《金閣寺》（十月完結）；於「婦人俱樂部」發表《永恒的春天》（十二月完結）；由新潮社出版長篇《幸福號出帆》。三月，於「文藝文化」發表《十九歲》；於「文學界」發表《大障礙》；由新潮社出版《近代能樂集》。四月，由角川書店出版《作詩的少年》；受聘爲「中央公論」懸賞小說評審委員。七月，在「文藝文化」（森鷗外讀本）上發表《鷗外的短篇小說》。八月，於「文學界」發表《自我改造的嘗試》。《潮騷》英譯本問世，書名"The Sound of Waves"紐約克諾普社出版，梅勒里斯．維薩比譯。這是三島首次在海外出版作品。十月，在「羣像」發表《施餓鬼舟》；由新潮社出版《金閣寺》；由村山書店出版評論集《龜趕得上兔嗎？》。十二月，於「文學界」發表劇本《鹿鳴館》；於「文藝春秋」發表《橋之種種》；由講談社出版《永恒的春天》。

一九五七年（昭和三十二年）　三十二歲

一月，在「世界」發表《女方》；在「新潮」發表劇本《道成寺》；《金閣寺》榮獲第八屆讀賣文學獎。三月，由創元社出版劇本《鹿鳴館》。四月，於「羣像」發表長篇小說《逾規的美德》（六月完結），六月，由講談社出版。七月，於「文學界」發表劇本《朝之杜鵑》。上旬應克諾普社之邀赴美，並輾轉至西印度羣島、墨西哥、北美南部等地旅行。八月，於「中央公論」發表《顯貴》；《近代能樂集》英譯本問世，書名"Five Modern No Plays"克諾普社出版，特納多·金譯。九月，於「新潮」發表《日本文壇之現狀與西洋文學之關係》；由新潮社出版評論集《現代小說能成爲經典嗎？》。十月，自美返國途中繞到西班牙、義大利，直至昭和三十三年一月上旬始返抵國內。十一月，由新潮社出版《三島由紀夫選集》（全十九卷）。

一九五八年（昭和三十三年）　三十三歲

一月，由文藝春秋社出版短篇集《橋之種種》。三月到十月，熱中於拳擊練習。五月，在「羣像」發表劇本《薔薇與海盜》，並由新潮社出版；另由講談社出版遊記《旅之畫本》。六月，經川端康成撮合，與畫家杉山寧的長女瑤子結婚。九月，《假面的告白》英譯本問世，書名"Confession of a Mask"紐約紐利洛克遜社出版，梅勒里斯·維薩比譯。十月，《近代能樂集》在西德十二都市上演。十二月，與大岡昇平、中村光夫、福田恒存共同致力於「聲」雜誌的創刊，並發表作品《鏡子之家》第一、二部。

一九五九年（昭和三十四年）　三十四歲

一月，開始在道場練劍道，教練山本孝行七段。三月，在「聲」發表劇本《熊野》；

由中央公論社出版《不道德教育講座》。五月，於「羣像」發表《十八歲與三十四歲的肖像畫》;《金閣寺》英譯本問世，書名"The Temple of The Golden Pavilion"克諾普社出版，艾曼·摩里斯譯。《近代能樂集》在斯德哥爾摩國立劇場上演。中央公論社出版評論《文章讀本》。長女紀子誕生。遷居大田區馬込。九月，由新潮社出版《鏡子之家》第一部、第二部。十月，在「聲」發表劇本《女人不會被佔領》。十一月，由新潮社出版評論集《裸體與衣裳》。

一九六〇年（昭和三十五年）　三十五歲

一月，在「聲」發表劇本《熱帶樹》;在「中央公論」發表《宴之後》（十月完結）。二月，由中央公論社出版《續不道德教育講座》。三月，參加大映電影公司新片《旋風小子》的演出，主題曲由自己填詞，深澤七郎譜曲，並自唱之。七月，在「聲」發表劇本《弱法師》。九月，在「新潮」發表《百萬圓的煎餅》。十一月，於「羣像」發表《星星》;由新潮社出版《宴之後》。偕夫人環遊世界一周，昭和三十六年一月返國。十二月，在「中央公論」（冬季號）發表《憂國》。

一九六一年（昭和三十六年）　三十六歲

一月，由新潮社出版短篇集《星星》。二月，《近代能樂集》在紐約普列西斯劇場演出，計演五十天。三月，因《宴之後》諷刺外相有田八郎，以侵犯隱私權被起訴。四月，劍道火候已至初段；於「新潮」發表《對美的拒抗》。六月，於「新潮」發表《獸之戲》（九月完結），連載完結後由新潮社出版。七月，於「新潮」發表《魔——現代狀況的象徵式構圖》。九月，於「歐爾讀物」發表《苺》；《金閣式》法譯本問世，書名"Le parilion d'or"格里麥爾書店出版，馬克・梅克列安譯。十月及十一月，由講談社出版日本現代文學全集《大岡昇平・三島由紀夫集》，和評論集《美的襲擊》。十二月，於「文學界」發表劇本《十日之菊》；於「婦人畫報」發表劇本《黑蜥蜴》（江戶川亂步原作）。

一九六二年（昭和三十七年） 三十七歲

一月，於「新潮」發表《美麗的星星》（十一月完結）；於「羣像」發表《帽子之花》；於「文藝春秋」發表《熱水瓶》。二月，《十日之菊》榮獲第十三屆讀賣文學獎。三月，由新潮社出版《三島由紀夫劇戲全集》。五月，長男威一郎誕生。八月，於「世界」發表《月》。十月，由新潮社出版長篇小說《美麗的星星》。

一九六三年（昭和三十八年） 三十八歲

一月，於「世界」發表《葡萄麵包》；「文藝文化」發表《眞珠》。三月，任《薔薇刑》

（集英社出版，細江英公攝影集）模特兒。八月，於「新潮」發表《雨中的噴泉》；「中央公論」發表《車票》；由新潮社出版《林房雄論》。九月，於「論爭」發表《天下太平的思想》；由講談社出版《午後曳航》。十一月，劇本《喜之琴》（爲文學座所編）被禁止上演，故於「朝日新聞」發表《文學座諸君罪行公開》，並退出文學座。十二月，由講談社出版短篇集《劍》。

一九六四年（昭和三十九年）　三十九歲

一月，於「羣像」發表《絹與明察》；於「婦人公論」發表《音樂》（十二月完結）。二月，由新潮社出版劇本集《喜之琴——附・美濃子》及《三島由紀夫短篇全集》；由集英社出版《肉體的學校》。四月，由講談社出版《我的浪迹時代》。九月，於「文學界」發表劇本《戀的帆影》；東京地檢處判決《宴之後》原告勝訴，作者（被告）應負賠償責任，被告不服續向東京高等法院提起上訴。十月，由講談社出版長篇小說《絹與明察》。十一月，《絹與明察》榮獲第六屆每日藝術獎。十二月，由集英社出版《第一性——男性研究講座》。

一九六五年（昭和四十年）　四十歲

一月，於「文藝春秋」發表《月澹莊綺譚》；於「新潮」發表《三熊野詣》；於「展望」發表《現代文學的三個方向》。二月，於「文學界」發表《孔雀》；由中央公論社出版《音樂》。三月，應英國文化振興會之邀，赴倫敦旅行，逗留一個月。四月，將《憂國》搬上銀幕，自導自演。七月，由新潮社出版《三熊野詣》。八月，由集英社出版《眼睛——藝術斷想》。九月，於「新潮」發表《春雪》（《豐饒之海》第一部）；偕夫人赴歐美及東南亞各地旅行，十一月返國，由河出書房新社出版劇本《沙德侯爵夫人》，並完成評論《太陽與鐵》。

一九六六年（昭和四十一年）　四十一歲

一月，於「文藝文化」發表《伙伴》；《沙德侯爵夫人》榮獲第二十屆藝術季藝術獎（演劇部），並出任芥川獎評審委員。三月，由新潮社出版《反貞女大學》。五月，於「電影藝術」發表《電影的肉體論》。六月，由河出書房出版作品集《英靈之聲》。八月，由集英社出版《複雜的他》；由新潮社出版《三島由紀夫評論全集》。十月，由番町書房出版《對話・日本人論》。十一月，有關《宴之後》訟案，與有田家達成和解。

一九六七年（昭和四十二年）　四十二歲

二月，於「新潮」發表《豐饒之海》第二部《奔馬》（次年八月完結）。三月，於「文藝文化」發表「《道德的革命》之理論——關於磯部一等主計之遺稿」；由中央公論社出版作品集《來自蔗野》。四月，入自衛隊約一個半月，以體驗軍人生活。六月，與川端康成、石川淳、安部公房等，於「中央公論」六月號上聯合發表對中共文化大革命的控訴，題爲《藝術是政治的道具嗎?》。七月，由番町書房出版《藝術的面貌》；開始練習空手道。九月，由興文社出版《葉隱入門——武士道不死》；由集英社出版《晚禮服》；應印度政府之邀，偕夫人赴印做取材旅行。十月，由河出書房出版劇本《朱雀家的滅亡》；由新潮社出版《三島由紀夫全集I》。

一九六八年（昭和四十三年）　四十三歲

二月，於「文藝文化」發表《F一〇四》。三月，由新潮社發表《三島由紀夫全集II》。四月，《禁色》英譯本問世，書名"Forbidden colors"紐約克諾普社出版，阿爾佛列特·馬庫思譯。五月，於「波」連載《何謂小說》（至四十五年十二月，未完）；與松浦竹夫等人合組劇團「浪漫劇場」。七月，由番町書房出版《論現代日本人的思想》；由新潮社出版《三島由紀夫書信教室》；以後來「楯之會」會員身分加入自衛隊，並於每年的三月和八月率領會員入隊。八月，劍道功夫已達五段。九月，於「新潮」發表《豐饒之海》第三部《曉寺》。十月，由講談社出版評論《太陽與鐵》；以大學生爲成員組織「楯之會」，使每個人都入伍自衛隊接受體驗。十二月，由新潮社出版劇本《吾友希特勒》。

一九六八（昭和四十四年）　四十四歲

一月及二月，由新潮社分別出版長篇《春雪》（《豐饒之海》第一部）及長篇《奔馬》（《豐饒之海》第二部）；在「論爭」發表《反革命宣言》。四月，由新潮社出版評論集《文化防衛論》。六月，由中央公論社出版劇本《癩王的陽臺》；參加電影《殺人》的演出。七月，由興文社出版《交給年輕武士》。八月，於「羣像」發表《古事記》與《萬葉集》——日本文學小史之內。十一月，由中央公論社出版劇本《椿說弓月張》；於國立劇場屋頂上，學行「楯之會」成立一週年紀念酒會。又，本年反對修改安保條約的學生運動盛行。

一九七〇年（昭和四十五年）　四十五歲

三月，由講談社出版《三島由紀夫文學論集》。六月，於「羣像」發表《懷風藻》與《古今和歌集》——日本文學小史之內。七月，於「新潮」發表《豐饒之海》第四部《天人五衰》（四十六年一月連載完結）；由新潮社出版長篇小說《曉寺》（《豐饒之海》第三部）。九月，於「諸君」發表《作爲革命哲學的陽明學》。十月，由文藝春秋新社出版評論集《行動學入門》；由中央公論社出版《作家論》；由河出書房出版對談集《源泉的感情》。十一月二十五日，將《天人五衰》的所有原稿交給新潮社後，於當天夜晚零點十五分，偕同「楯之會」隊員森田必勝及其他三位，前往東京市谷陸上自衛隊東部方面總監部控訴，切腹自殺。

一九七一年

二月，由新潮社出版《天人五衰》。

一九七三年

四月，由新潮社開始出版《三島由紀夫全集》（全三十五卷）。

島崎藤村

破戒

日本經典文學大系○○4

在這部奠定島崎藤村作家地位的作品中，
島崎文學心理糾葛曲折複雜的特質
顯得尤為明顯。
而也由於小說主題對當時日本
差別社會問題的同情與關懷，
以及對人之宿命的認識與發現，
某些評論家甚至將《破戒》強調為
一部「社會抗議小說」，
作為現代日本寫實主義文學
所應回歸的文學泉源。

田山花袋

田舍教師

日本經典文學大系〇〇5

家貧而未能繼續深造的青年，

生活因素迫使他屈身鄉下老師工作。

當理想與現實赤裸地接觸後，

夢幻逐漸崩潰的悲哀和寂寞侵襲著他的內心。

藉由作者的深刻描繪，

本書帶領讀者進入一位

懷才不遇且英年早逝的鄉下老師內心世界。

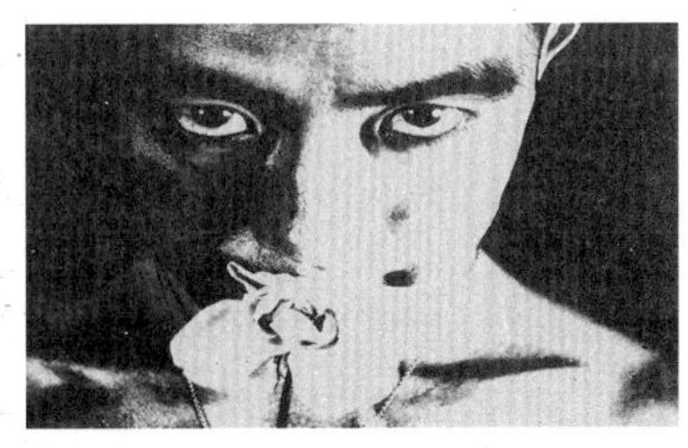

禁色（上）（下）

日本經典文學大系〇12／〇13

本書不僅反映了戰後舊秩序解體的時代背景，
也呈現了三島的希臘之行對寫作的影響。
本書的精彩之處不僅在於其同性戀題材，
而且在於其一方面欲塑造
文藝復興時期希臘風格的理想，
另一方面又想模倣
法國十七世紀以來的心理小說之傳統。
無論就質或量來看，
《禁色》奠定了三島
在戰後文學界屹立不搖的地位。